聖なる川のほとりで

Iijima Yasuhiro
飯島恭広

幻冬舎MC

聖なる川のほとりで

一章――自由への道 3
二章――インドの洗礼 19
三章――告白 57
四章――別れ 107
五章――挫折と希望 165
最終章――Be good Do good 195

一章——自由への道

一九七八年十二月二十二日　二十二時三十分

ガンジス川上流域にあるヒンドゥー教の聖地、リシケシ行きのバスは、旧市街にあたるオールドデリーのバスターミナルを発車した。深夜の首都は、昼間の喧騒を忘れたように静まり、行き交う車はほとんどない。

新市街ニューデリーの中心部、コンノート広場周辺の雑貨店やレストランは全てシャッターを下ろしている。人の気配を感じさせるのは、路地をねぐらとする物乞いの人達の息遣いだけだった。

バスは走り出してしばらくは室内灯を灯していたが、デリーの街並みを過ぎる頃には消えていた。

隣の席に座っている口髭を生やした中年の男は、サスペンションの壊れかけている車体の揺れに慣れているのか、体を背もたれに預け深い眠りについている。

車内はほぼ満席で、クミンやターメリック、コリアンダー、ガラムマサラなどインドカレーに使われる刺激の強い香辛料の匂いが充満していた。それはインド人の着ている服だけでなく、彼らの肉体にも染み込んでいて、むせ返るような強い体臭とともに圧迫感を感じさせた。

走り始めて二時間。バスは北を目指している。

窓から見える景色は灯りが一つもなく、道沿いにポツンポツンと建つ家が月の淡い光に照らされて影を落としていた。

僕の胸を締め付けているのは、異国の地に一人取り残されたような不安と焦燥感だった。

それから逃れるように窓に顔を寄せて、流れ去っていくインドの大地を見続けていた。

不意に、昨日泊まった安宿のすえた枕の匂いが蘇ってきた。そこには旅人が流した汗以外のものも染み付いているようで、明け方まで眠ることができなかった。

インドの深い闇の中を走るバスに揺られていると、ほんの少し前までいた日本が手の届かない彼方に去っていった。

六時二十分、リシケシ。

バスは早朝のバスターミナルに着いた。

乗客は、バスの屋根にうず高く載せられたトランクや荷物を運転手から受け取ると足早に去っていく。人気《ひとけ》の消えたバスターミナルには、恐ろしく年代物のオンボロバスが三台停まっているだけだった。

夜明けを迎えた頃だが、太陽はまだ姿を現していない。薄暗く寒々とした空間の中で、敷地の一角にあるチャイ屋から漏れる灯りだけが温もりを感じさせていた。

僕はバックパックを背負うと、簡素な造りのチャイ屋に入ることにした。さして広くない店には客はおらず寒々としている。開け放たれた入口から、遠く離れたインドヒマラヤの風が店内に吹き込んでいた。

椅子に座り、店の主人にチャイを注文した。彼は表情を全く変えず「アチャー」と同意の言葉だけ呟くように小さな声で言うと、奥の厨房へと戻っていった。

安い紅茶の葉っぱとグリーンカルダモンにザラメを入れて、水牛の乳《ちち》で煮出したチャイが、カップから溢れ出し、素焼きの受け皿にこぼれている。僕は皿にこぼれたチャイを飲み干すと、カップをそっと持ち上げ、両手で包み込むように持ちゆっくり飲み始めた。

甘く濃厚な匂いが鼻腔をくすぐり、温かなそれが喉から胃に流れ込んでいく。疲れた体に、その独特な甘さはとても優しく感じられた。

夜行バスではエアコンが壊れていたのか、あるいは初めから取り付けていなかったのか、寒さでほとんど眠れずに、同じ姿勢を続けた体は強張っていた。

二杯目のチャイを飲み終える頃、疲れと冷えで硬くなっていた筋肉もほぐれ、ようやく人心地つくことができた。

僕は腹の底からフーッと大きく息を吐き出した。それを見計らっていたように、店の主人は厨房から僕の所に来ると、外で寝ている野良犬が飛び起きるほどの大きな声で矢継ぎ早に幾つもの質問を浴びせてきた。

「お前はジャパニか？」

「何時《いつ》インドに来た？」

「シヴァ神に会いに来たのか？」

黒褐色の肌に鋭い目つき、声は大きく相手を圧倒する迫力がある。先ほどの眠そうにしていた人間とは別人の男がそこにいた。しかも彼の話す英語は「ヒングリッシュ」と呼ばれる、ヒンディー訛りの強い、日本人にとって聞き取るのに苦労するものだった。

店の主人の強引な態度に戸惑いを覚えたが、身振り手振りを交え、リシケシに来た理由を話した。彼は僕の拙《つたな》い英語の説明を理解したのだろうか、腕を組み大きく何度も頷いた。

少し心配だったが、思い切って、シバナンダアシュラムというヨガ道場に行く道順を尋ねることにした。


バスターミナルのチャイ屋を出てから一時間ぐらい歩いてきた。そろそろシバナンダアシュラムが見えてこないとおかしい……。僕はポケットから書き留めた地図を取り出した。

さっきまでは道の両側に、平屋の民家やヒンドゥー教の寺院が幾つかあったが、今は人はもちろん、街中で多く見かけた痩せた白い牛や、野良犬さえもいない。

道の左側には小高い山が連なり、右手には広い河原の向こうにガンジス川が流れている。

不安を覚えながら、さらに五分ほど歩くと、前方に白い建造物らしきものが見えてきた。

きっとあそこがシバナンダアシュラムなのだろう。

僕は立ち止まり、今来た道を振り返る。

いきなり視界が広がり、リシケシの街に続く風景が目に飛び込んできた。

そこには、目に見えないが、インドの大地が持っている圧倒的な存在感があった。

僕は前を向くと、ずっしりと肩にくい込んでいるバックパックを背負い直し、建物を目指してまた歩き出した。

一階の入口と思われるドアには、銀のプレートが貼られていた。上段に「TRUST」、下段に「SIVANANDA ASHRAM RECEPTION ROOM」と文字が彫られている。

プレートの文字を見ながら迷っていた。ここがシバナンダアシュラムの受付のはずだが、正面から見るかぎり窓のない建物からは人の気配が感じられない。少しの間躊躇《ためら》っていたが、木のドアを二度ノックしてみた。

「Come in」

思いがけず、部屋の中から声が返ってきた。

ドアを開けると、左側にある大きな窓から眩しいほどの陽の光が室内に差し込んでいる。

窓際のデスクにいる口髭と顎髭を生やした男性が椅子に腰かけ、何かの書類に目を通していた。

僕が部屋に入るのを確認すると、彼は細い銀縁の眼鏡を外し、ゆっくり立ち上がって、歩み寄ってきた。

男性は僕の目をじっと見つめて、「Please sit down」と言い、応接用と思われる椅子に視線を向けた。

「日本から来たKYOHEI　TAMURAです」

僕はその場で自己紹介をした。緊張で心なしか声がかすれている。

「Sit down please」

男性は腹に響く野太い声で言った。

僕は言われるままに肘かけ椅子に座った。テーブルを挟んで座った男性は、相手を威圧するような鋭い眼光の持ち主だった。

「一ヶ月前に手紙を送ったのですが、読んでもらえましたか？」

僕はここに来るまでに、最初に言おうと思っていた言葉を口にした。彼は無言で頷くと、背中まで伸ばした髪を束ねている紐を結び直した。その硬い表情からは、異国から尋ねて来た人間に対する思いやりは感じられなかった。

「ここでヨガを学ばせてもらえますか？」

男性は腕を組み、目を閉じて何も答えない。僕は想像もしなかった相手の対応に戸惑っていた。

ふと壁に掛かっている時計を見ると、秒針が音を立てて刻《とき》をきざんでいる。

彼は相変わらず腕を組んで何も言わず、目を瞑《つむ》っている。

沈黙の時間だけが流れていった。

僕はもうこれ以上、この重圧に耐えられそうになかった。思わず腰を浮かせ、椅子から立ち上がりそうになったその時、男性はおもむろに目を開け「No Problem」と、一言だけ言った。

意外な答えだった。

僕は男の気が変わらないうちに違う質問をした。

「授業料はいくらでしょうか?」

「それは神様がお決めになることだ」

「えっ? 神様がお決めになる……⁇」

言葉の意味が分からず唖然としていると、彼は突然大きな声を上げて笑い出し、今までとは全く違う口調で、

「ハハハハ、悪かった。君があまりにも緊張してたどたどしく英語を話すから、ちょっとからかってみたのさ」

と言った。その声は優しく親しみが込められていた。

「恭平、手紙はちゃんと届いているよ。日本からの手紙は珍しいので、どんな人が来るのか楽しみにしていたんだ。私はヨガ教師のウィットラム。よろしく」

ウィットラムは立ち上がると、握手を求めてきた。僕も立ち上がり右手を差し出した。彼の

手はしなやかで柔らかな感触だった。

「授業料はいくらでしょうか？」

椅子に座り直し、同じ質問をした。まだからかわれているのではないかという気持ちが心のどこかにあった。

「心配しなくても大丈夫だよ。シバナンダのお考えで授業料はいらないんだ。それより私から聞いてもいいかな？」

ウィットラムは僕の気持ちを察したのか、相手の心を全て包み込むような笑みを浮かべている。

「確か手紙にはヨガを学ぶのは初めてと書いてあったけど」

僕は黙って頷いた。

「そうか……分かった。ヨガのカリキュラムの説明を少ししよう」

ウィットラムは表情を改めると、ヨガ教師の顔になって話し始めた。

「ヨガの訓練は毎朝六時から八時までの約二時間。内容は体を柔軟にするためのポーズであるヨガアサナ、呼吸法、それに瞑想だ。最初は無理をしないで、心と体を徐々に慣らすようにしなさい。レッスンは全て英語で行われているけど、私の話す言葉を注意深く聞いていれば理解できるはずだ」

ウィットラムは、ゆっくりと分かりやすい発音で話を続けた。僕は一言も聞き漏らさないように神経を集中した。

「ヨガ道場は、昼の間はいつでも利用できるようになっている。それと建物の隣に瞑想室があるけど、そこも道場と同じく自由に使っていいんだよ。恭平、いいかい……シバナンダアシュラムの方針は、個人の意思で何をやるかを決めることなんだ。ヨガレッスン以外に、LIBRARYでヒンドゥー教の聖典やヨガに関する本を読んだり、毎日聖堂で行われているサットサンガに参加するのも、君の自由意思に任されている。もちろん何か困ったことがあったら、遠慮しないで私の所に来なさい。いつでも相談に乗るよ。道場は道路を挟んで反対側の山の中腹だ。少し急な石段を上がりきるとすぐ目の前にあるから、小さな子供でも迷わないで行けるよ。他に質問は？」

「いいえ、何もありません」

ヨガレッスンの説明を聞けたおかげで、ようやく落ち着いて答えることができた。

「……ところで宿は決まっている？」

ウィットラムは尋ねた。

「まだ何も決めていません」

「ＯＫ。からかった罪滅ぼしにいい宿を紹介しよう。建物は数年前に新築したばかりなのに、値段はリーズナブルだ。外国人の長期滞在者向けなので支払いは一週間単位だが、ヨガレッスンを受けている生徒達には人気がある。もし良かったら、今紹介状を書くよ」

「はい、お願いします」

と、僕は言った。

彼はデスクに戻ると、机の引き出しから紙を二枚取り出し、紹介状と道順を示す地図を書いてくれた。僕はそれを受け取ると、頭を下げて精一杯の感謝の気持ちを伝えた。

「宿に不満がある時はいつでも言いなさい。シバナンダアシュラムには寮もあるんだ。今は満室だけど、部屋が空いたら入れるように手続きをしてあげるよ。でも、恭平にはあの宿が合っているような気がするな」

ウィットラムは最後に、暗示にもとれる言葉を呟くように言った。


部屋を出ると、僕はウィットラムに教えてもらった宿に向かった。

政府直営の近代的な造りのホテルの前を過ぎると、左に曲がる目印となるヒンドゥー教寺院がある。

その角を曲がってしばらく進むと、右手に壁全体をオールドローズの色に塗られた建物が見えてきた。きっと、ここが教えられた宿なのだろう。落ち着きと気品のあるその色は、インド文明の持つ重みと誇りを感じさせていた。

なぜかそれを見た時、インドに来たという実感が僕の胸に初めて湧いてきた。その中には、ずいぶん遠くまでやってきてしまったという感慨と、不安や心細さのようなものも含まれていた。

道に面した宿の敷地に沿って、薔薇《ばら》など幾種類かの灌木で作られた生垣があり、その中ほどにある木のアーチにはつる性の植物が巻き付いていて、白いペンキで「SWISS COTTAGE」と文字が書かれている。

少し緊張しながらアーチを潜《くぐ》る。インドの心の旅がここから始まる予感がする。

敷地に入って僕は足を止めた。目の前に、小さな宿には不釣り合いなほどの大きな庭があったからだ。そこには多くの花と樹木が植えられていて、芝生には幾つかのアンティークな椅子とテーブルが置かれている。どこかヨーロッパの田舎町を思わせる庭だ。

それとは対照的に、庭の一角にある屋根と壁が赤茶けたトタン造りのシャワー室と、日本の小学校の校庭にあるような、コンクリートの水飲み場がイギリス風の庭に溶け込み、どこかホッとさせる不思議な空間と雰囲気を醸し出している。

建物に入るとすぐ右側に、受付を兼ねたやや広い部屋があった。板敷きのその部屋には壁際に本棚があり、多数の英語の本や雑誌があった。

その中に一冊だけ日本の小説もあった。この宿に泊まった誰かが置いていったのだろう。本棚にあるその本は、山本周五郎の『さぶ』という小説だった。

世界を旅する若者の間で本を交換する習慣があった。多くの旅人の手から手へと受け渡された本は、インド、中近東、アフリカ、ヨーロッパ、北・中南米へと旅を重ねる。それは遠く離れた異国の地で、祖国との繋がりを感じさせる唯一のものだった。

オールドデリーの安宿で知り合った日本人に、日本から持ってきた小説を一冊プレゼントすると、彼は満面の笑みを浮かべ、愛《いと》おしそうにしてバッグにしまっていた。

それにしてもなぜ、時代小説なのだろう。それに確か『さぶ』は、江戸時代の人足寄場を舞台にした人情話だったはずだ。……僕は意外な感じがした。

日本人が誰も訪れないようなヒンドゥー教の聖地に来る人は、もっと違うものを読んでいるような気がしたからだ。過酷な運命に翻弄されながら、必死に生きる江戸時代の人間に、その人はどんな心情を重ねたのだろうか……。僕はこの宿にいた見知らぬ日本人に思いを馳せていた。

ふと気付くと、テーブルで英字新聞を読んでいた中年男性が椅子から立ち上がり、僕の方に歩いてきた。視線が自分に向けられるまで待っていてくれたみたいだ。

「I am the innkeeper, Ishaan of Swiss Cottage. We welcome you」

宿の主人イシャンは、親しみのこもった笑顔と簡潔な言葉で、歓迎の意を表してくれた。浅黒い肌に彫りの深い顔立ち、背は高く年齢は五十代前半に見える。落ち着きがあり、どこか品の良さを感じさせる宿の主人を見て、なぜ、ウィットラムがこの宿を紹介してくれたのかが分かったような気がした。

紹介状を渡し、一ヶ月分の宿代を支払うと、教えられた二階の部屋に向かった。

そこは階段から一番奥の部屋だった。ドアには部屋番号とは別に「自由への道」と文字が彫られた木のプレートが取り付けられていた。ここに泊まった誰かが残したものだろう。

僕の部屋は「自由への道」か、そうなれるだろうか……？

その言葉が心に突き刺さり、そこから動くことができなかった。

疲れのために少し感傷的になっているのだ。

僕は気を取り直すと、ゆっくりドアを開けた。

部屋は八畳ぐらいの広さで、ベッドと木の椅子以外、調度品と呼ばれるものは何もなく、ベッドの上に敷かれたマットレスには、枕と畳まれた毛布が一枚置かれているだけだった。夜行バスでの明け方の寒さを考えると、コンクリート造りのこの部屋で、毛布一枚ではとても夜は過ごせないだろう。僕は当面、日本から持ってきた寝袋を使うことにした。

ただ慰めは、庭に面した窓から、青く澄んだガンジス川が目の前に見えたことだ。

リシケシの宿の相場は分からないが、一ヶ月の宿代三十ルピーは、イギリス風の庭と、ここからの景色の良さを考えると決して高くはないだろう。バスターミナルにあるチャイ屋の値段や宿代から、よほどの贅沢をしなければ、一ヶ月一万円で十分生活できると思われた。

「長い一日だった」

担いでいたバックパックを部屋の隅に置くと、服を着たままベッドの上で仰向けになり呟いた。

旅は始まったばかりだが、心の底に疲労感とは別に何か重いものが沈殿していた。それはきっと、何かに対して常に身構えている自分自身が作り出したものだろう。

天井にへばり付いてじっと動かないヤモリを見ていたら、すぐに深い眠りに落ちていった。

二章 ―― インドの洗礼

シバナンダアシュラムに通い始めて三週間が過ぎた。

冬の朝六時はまだ薄暗い。インド北部に位置し、ガンジス川の源流があるインドヒマラヤに近いリシケシは、短い冬といえどもかなりの寒さだ。

ヨガ道場の生徒の人数は日によって違うが、毎朝三十人前後がここにやって来る。そのほとんどが、ヨーロッパ、アメリカ、オーストラリアなどから来ている白人で、地元リシケシの住人と思われるインド人は週に一～二度来る二人だけ。もちろん日本人は僕だけだった。

シバナンダアシュラムに限らず、リシケシを訪ねる白人は圧倒的にヨーロッパ系の若者だ。彼らの多くは飛行機を使わず、鉄道やバスを乗り継いで陸路をやってくる。ヒッピーバスと呼ばれるかなりくたびれた乗合バスは、フランスのパリを起点に、中近東の各都市を経由して、インドの首都デリーとの間を定期的に往復していた。

一九六十年代後半、欧米の若者の間に新しい価値観を模索する動きがあった。彼らは西洋文明や資本主義に矛盾と限界を感じ、東洋文明に根ざした禅やヨガ、自然食、ドラッグ、共同体での営みなどを通じて自分達の生き方を探し求めていた。それは一九六五年に始まったアメリカの北ベトナム爆撃以降、欧米で巻き起こったベトナム戦争への反戦の動きがうねりとなって、世界各地へと広がっていったこととも関係していたのだろう。

一九六八年、若者に影響力のあったビートルズのメンバーが、瞑想を学ぶためにしばらくリシケシに滞在したことから、ここは西洋人にとってもインド哲学の聖地として知られるようになっていた。

心と体を浄化するスクハーブルバカプラーナヤーマと呼ばれる呼吸法と、長時間の瞑想に耐えられる体にするためのヨガアサナのレッスンを終えると、ヨガの訓練で最も大切な瞑想の時間が始まる。

「Keep a mind……Relax……心を鎮めて意識を集中する……」

ウィットラムの低く通る声が道場全体に響く。

空気がピーンと張り詰め、彼の声に導かれ、ヨガ道場の生徒一人ひとりが、内なる自分を探す心の旅を始める。

僕は結跏趺坐《けっかふざ》し、両手で印を結んだ。意識は丹田に置き、呼吸に合わせ一から十までゆっくりと数をかぞえる。禅で言うところの数息観《すうそくかん》である。

ヨガアサナで体を柔軟にしたからだろうか、心がとてもリラックスしている。周りにいる生徒の存在が気にならなくなっていた。

人間の脳がそう作られているのか、瞑想の働きなのか、呼吸が深く安定してくると、自分がかつて体験したことが脈絡もなく次々と脳裏に浮かんでくる。

昨日街の食堂で食べた、ターリーと呼ばれるインドのカレー定食や、初恋のクラスメイトの面影など……。映像だけでなく、その時食べたターリーの匂いと味、初恋の甘く切ない感情も同時に蘇ってくる。

蘇る記憶は楽しいものばかりではない。一週間前から瞑想中に脳裏をよぎるのは、忘れてしまいたい記憶であり、酒乱の父との辛い思い出だった。

一つの意識はシバナンダアシュラムで瞑想している自分、もう一つの意識が過去へと旅をする。

高校一年の夏休み、僕にとって忘れられない大きな出来事があった。

その日も父は酒に酔って、手がつけられないほどに荒れ狂っていた。僕は気が付くと、無我夢中で父の両襟を締め上げ、右手の拳を振り下ろしていた。

頭の芯がジーンと痺れ、今起きたことが信じられないでいる自分がそこにいた。下を見ると、畳の上に飛び散った血が、気味の悪い模様を作っている。

時間《とき》が一瞬止まったように感じられた後、父は壁の前で横向きに崩れ落ちるように倒れると、ピクリともしない。

僕はしばらく身構えて睨んでいたが、父は長い時間動かないままだった。そっと近づいて顔を覗き込むと、父は大きな鼾《いびき》をかいて寝ていた。

夏の夜の濃密な闇と湿気が僕の体を包んでいる。裸電球に照らされた六畳の部屋の狭い空間に、父と僕だけがいた。

「強くなるんだ！　もっと強くなるんだ！」

父から少し離れた所に立ち、拳を強く握りしめ、呪文のようにその言葉を自分に言い聞かせる……。


幼少時代から続く暴力の記憶が蘇り、僕の心と体は震え続けていた。

この時、僕はまだ知らなかった。瞑想によって思い出される全ての辛い記憶と向き合わなければならない運命が待ち受けていることを。それは同時に、記憶というものが持っている「不思議」と「不可解さ」を知ることでもあった。

瞑想を始めて三十分。禅定《ぜんじょう》が深まり、心と意識が無限に広がっていく。

リシケシのシバナンダアシュラムの道場から、インド亜大陸へ。地球、太陽系、私達の銀河系、そして果てのない広がりを続ける宇宙の彼方へと。

肉体という小宇宙が、大いなる大宇宙そのものの中に包まれていった。

静かな時間が流れ、窓から差し込む朝の陽の光が道場を照らしている。

「Keep a mind……Relax……」

ヨガ教師ウィットラムの声が瞑想の終わりを告げる。拡散した心と意識が、徐々に肉体に戻ってくる。約二時間のヨガレッスンは終わった。

僕はその場で、瞑想の心地よい余韻に浸っていた。

短い時間だと思っていたが、いつの間にか、周りには誰もいなくなっていた。ゆっくり立ち上がり、床に敷いていた布を畳み、ショルダーバッグに詰める。

道場を出ると振り返り、奥に向かって深く一礼をする。すぐ目の前にある二百三十段の石段が、現実に戻る道のように思えた。

石段のちょうど中ほどに、一人の白人女性が座っていた。同じヨガ道場に通うイギリス人のパトリシアだ。ブロンドの長い髪が、朝陽を浴びてキラキラと輝いている。彼女は何か、物思いに耽っているのだろうか、眼下に広がるガンジス川に視線を向けていた。

肩越しに「ナマステ」と言って声をかけると、パトリシアは僕に気付き、にっこりと微笑みながら両手を胸の前で合わせた。

石段が終わる手前で立ち止まり、後ろを振り返る。

――パトリシアの横を通り過ぎる時、微《かす》かに薔薇の香りがしたように感じたのは錯覚だったのだろうか――

彼女はさっきと同じ姿勢で、どこか遠くを見つめている。

――やっぱり錯覚だったのだろう――

僕は自分を納得させると石段を下った。


シバナンダアシュラムの道場を出て約一時間、リシケシの中心街まで歩いてきた。ヨガ道場の生徒キャシーから聞いた、ゴローという日本人に会うためだ。

その宿は彼女から聞いていた通り、リシケシのバザールから道を一本隔てた所にあった。敷地の中央にある広場と、水飲み場を囲むように、コの字型に三棟の建物が立っている。

石造りの建物の雰囲気から、ダラムサラと呼ばれる巡礼宿かもしれない。まだ巡礼シーズンには間があるためか、人の気配が感じられずにひっそりとしている。

正面の建物の部屋から、インドの弦楽器シタールの音が聞こえる。ここがその日本人のいる宿なのだろう。僕はその部屋の前に立ち、

「こんにちは」

と声をかけてみた。

「鍵はかかっていないよ」

と、部屋の中から久しぶりに聞く日本語が返ってきた。

ドアを開けると、髪を肩まで伸ばした小柄で痩せた男性が、シタールを抱えて床の上に座っていた。白いたっぷりとした民族衣装をまとっていて、どこか近寄りがたい雰囲気を感じさせる。

「ゴローさん?」

僕は遠慮気味に声をかけた。

「そんな所に立っていないで中に入って」

僕と同じぐらいの歳に見える日本人男性は、シタールを脇に置いて床から立ち上がると、

「恭平だね、君のことはキャシーから聞いていたよ。僕は吾郎、よろしく」

と言って、慣れた手つきで右手を差し出し、握手を求めてきた。

「演奏の邪魔じゃなかった?」

僕は彼の手を握り返すと、さっきから気になっていることを聞いた。

「ちょうど一服しようと思っていたところなんだ。一服といっても、煙草じゃなく、ガンジャ

だけどね」

吾郎はいたずらっぽくウインクしてみせた。それは十年来の友が訪ねてきた時のように親しげな表情だった。

インドの空気にすっかり馴染《なじ》んでいるように見える吾郎は、ゆったりとした動作で、壁にかかっているショルダーバッグから、五センチぐらいの丸いプラスチック容器を取り出した。

彼は床に座ると、その容器の蓋を開け、小さな黒褐色の塊を一つ掌《てのひら》にのせた。ガンジャと呼ばれる大麻の葉と茎の樹液を固めたものだ。

吾郎はそれをライターで炙《あぶ》り、粉状になるまで揉みほぐすと、一本の煙草から丁寧に葉を全部取り出し、その葉とガンジャを混ぜて元のように巻紙の中に戻した。

僕はマリファナの類《たぐい》を見るのは初めてだった。雑誌などで多少の知識はあったが、それが今目の前で行われている。

吾郎は僕ににっこりと微笑み、それを口に咥《くわ》えると、火をつけ、ガンジャの煙を胸いっぱいに吸い込むようにしてゆっくりと吐き出した。

部屋に紫煙とともに、マリファナ特有のものなのだろうか？……青草を燻《いぶ》したような鼻につく強い匂いが広がる。

「君もどう？」

吾郎はもう一度ガンジャをじっくりと味わうように吸うと、それを差し出した。

僕は断ることができなかった。

正直不安だった。「まさか、自分がマリファナを吸うなんて！」思ってもいなかった。この期に及んで僕はまだ躊躇《ためら》っていた。

吾郎を見ると、無理やりガンジャを勧めるわけでもなく、独りその酔いに浸り、自分だけの世界を楽しんでいるようだった。

僕は覚悟を決めてガンジャを口に咥えると、煙草を吸うように煙を燻《くゆ》らせた。次に彼の真似をして、吸い込んだ煙を肺にしばらく溜《た》めてから静かに吐き出した。ものの数秒も経たないうちに、体がぐらりと揺れて、床に倒れそうになる。

「初めて吸った時は誰でも効き過ぎるんだ。遠慮しないでベッドに横になってもいいんだよ」

吾郎は僕から受け取ったガンジャを何度か吸うと、再びシタールを奏で始めた。

僕はとても遠くに感じるベッドまで歩き、倒れ込むように横たわった。意識ははっきりしているのに、体が自分の意思に反して全く動かない。聴覚だけが異常に鋭くなり、遠くの小さな物音や、吾郎の演奏のわずかな〝ぶれ〟も聞き分けることができた。

ベッドの上に仰向けになっていると、体ごと地球の底に向かって、引きずり込まれそうに感じる。酒の酔いとは明らかに違う、初めて経験する感覚だ。滑り落ちる肉体に恐怖はなく、皮膚が粟立つような喜びさえあった。

その感覚に身を任せていると、不思議なことに、行ったこともないインドヒマラヤの山間《やまあい》の道を、羊飼いの少年が、鞭を手に羊を追って登っていく姿が浮かんできた。モノクロームの映像は、インドの歴史や、そこに暮らす人々の営みを次々と映し出している。紀元前一五〇〇年頃と伝わる、アーリア人の中央アジアからインドへの大移動。そしてモヘンジョダロの遺跡で有名なインダス文明を築いた先住民、ドラヴィダ人との戦いの歴史。

僕は大きな劇場で、インドの大叙事詩を観ているような感覚に囚われていた。古代インドの戦いの場面では、馬に引かれた二輪車に乗り、青銅の剣で戦う戦士の息遣いも間近に感じられ、まるで自分が古代の戦士として戦っているような錯覚さえ覚える。

紀元前二六〇〇年頃に栄えたインダス文明以来、多くの民族と宗教がインドに流れ込んできた。アーリア人をはじめ、イラン人、ギリシャ人、ユダヤ人、アジアの辺境の民族、初期キリスト教徒、ゾロアスター教徒、イスラム教徒など。彼らは大海に呑み込まれるように、インドという大地に同化していった。

次から次へと目まぐるしく移り変わるインド文明の変遷に心を奪われていると、いつの間にか映像が途絶え、スクリーンからは光が消えていた。

僕はベッドの上で嬰児のように丸くなり、眠りに落ちていく。意識が遠のきそうになったその時に蘇ってきたのは、オールドデリーの路地をねぐらとする物乞いの人達の「バクシーシ――お恵み下さい――」「バクシーシ！」「バクシーシ！」と憐れみを誘う声だった。

吾郎の部屋を出ると、僕はバザールに向かった。よほど熟睡したのだろう、彼のベッドで二時間ほど横になっていただけなのに、体が軽くなっている。

インドに来てから心と体の中に溜め込まれていた、澱《おり》のようなものも消えていた。ただ法律で禁じられているマリファナを吸ったという罪悪感が、心のどこかに残った。

バザールのある路地は、たくさんの人が品物を求めて賑《にぎ》わっていた。

このバザールでは、女性達が地面に布を敷き、そこにジャガイモやカリフラワーといった野菜、果物、ナッツ類、香辛料などを並べて売っている。

どの女性も生命力に溢れ、ひっきりなしに訪れる客との値段の駆け引きや会話に、大声を上げたり笑い合ったりしている。

インド北部では今、短い冬を迎えていた。ヒマラヤに近いリシケシで、この季節の果物といえば林檎《りんご》ぐらいしか売っていない。

いつ来ても所有者が定かでない何頭かの野良牛が、餌を求めて狭い路地をゆっくりと歩いている姿があった。

僕はここでいつも不思議な光景を目にする。物売りの女性や買い物客は、気が向くと野菜や果物を牛の目の前にわざと投げるのだ。すると、牛はもらえるのが当然のような顔をして立ち止まり、尾を左右に振って餌を咀嚼する。

バザールには地面に染み付いた牛の糞や、インド人特有のむせ返るような体臭、刺激の強い香辛料などが混ざり合った独特の匂いがあった。

「How much is this one」

日本のものより少し小振りな赤い林檎を手に取ると、黄色いサリーを着た中年女性に聞いた。

「一個百パイサだよ」

林檎売りの女性は、見慣れない外国人をいいカモと見たのか、少し意地悪そうな顔で相場よりかなり高い値段をふっかけてきた。

「え？　百パイサ！」

僕は驚きの声を上げた。確か、今頃の林檎の値段は十パイサぐらいのはずだ。

「そんなあくどい商売をしていると、神様の罰を受けてしまうよ」

「神様から罰を受けるだって、とぼけたことを言うんじゃないよ！」

目の前にいる林檎売りの女性の顔が険しくなった。

「僕は神の化身と呼ばれるavatar《アバター》だよ」

相手の剣幕に負けそうになったが、咄嗟に思いついた言葉を言った。信心深いヒンドゥー教徒には効果がありそうな気がしたからだ。

黄色いサリーの下にたっぷりと肉をまとった女性の態度は、想像していたものとは全く違っていた。

「ハハハ！　ハハハ！　avatarだって？」

彼女は突然大きな声で笑い出すと、両隣の女性に早口のヒンディー語で僕とのやり取りを伝えたようだ。物売りの女性達は、それを聞いて大笑いをしている。

周りを見ると、物見高い人達が多く集まってきていた。大声を上げて互いに何かを言いながら、僕達を眺めている。訳の分からないヒンディー語が、僕に対する嘲笑のように聞こえる。

林檎売りの女性はしばらく笑った後、真顔で「チャロ！　チャロ！」と言って、インド人が犬や猫を追い払う時にする仕草をした。

「お前みたいな嘘つきに売る林檎はないよ。百パイサで買わないのなら、さっさと帰っておくれ」

彼女は言い終わると、腕を組みソッポを向いた。

僕は唖然として何も言い返せなかった。悔しいけれど、したたかなインド人女性に軽くあしらわれてしまったのだ。好奇の目で見物していた人垣をかき分けて、その場から逃げるように立ち去った。

行く当てもなく路地を彷徨《さまよ》っていたようだ。いつの間にかバザールの喧騒から離れていた。インドの暮らしにようやく慣れて、少し自信のようなものが芽生えてきたところだったが、そんなものは跡形もなく吹き飛んでしまった。

立ち止まり、空を見上げた。そこには冬の澄んだ青い空が広がっている。

ヨガ道場の生徒達が言っていたインド人の狡猾さとしたたかさは嘘ではなく、作り話でもなかったのだ。

習慣も文化も違う異国での暮らしを、僕は甘く見ていたのかもしれない。

「明日からまた、出直しだ」

そう自分に言い聞かせ、歩き出す。

インドの手荒な洗礼を受け、心が重かった。

山並みの向こう側から流れてきた雲が、地平線の反対側へと消えていく。その白い雲と澄んだ青空の中を、小型の猛禽類が翼を広げてゆっくりと弧を描いている。

シバナンダアシュラムでの瞑想を終え、ガンジス川沿いの道を下流に向かってゆっくり歩いてきた。立ち止まり、川岸から少し離れた枯草の上に腰を下ろす。

対岸に視線をやると、ガンジス川に寄り添うように伸びる道には人影がなく、石造りの巡礼宿や、ヒンドゥー寺院はひっそりとしている。

僕はただゆったりと、その場の空気に身を委《ゆだ》ねていた。

ふと左を見ると、少し離れた所に一人の髪の長い少女がいた。彼女は草で編んだ小舟に立てられている蝋燭に火を灯すと、両手を添えてガンジス川にそっと押し流し、頭《こうべ》を垂れて、ずいぶん長く祈りを捧げていた。

おそらくプジャーと呼ばれるヒンドゥー教の儀式だろう。時代を超えて親から子、孫へと受け継がれた聖なる儀式は、灯明の一つひとつに、神への祈りと願いが込められている。過酷な大地に暮らす人々にとっては、祈りの行為そのものが喜びであり、生きる支えに違いない。

少女は僕に気付いていたようだ。祈りを終えると、まっすぐこちらに歩み寄ってきた。

「ナマステ！」

僕は立ち上がり、挨拶をした。少女は胸の前で合掌《がっしょう》すると、こぼれるような笑顔を見せた。ブルーのサリー姿に、肩にかけた生成りのショールが、春のような柔らかい陽ざしを受けてよく似合っている。

「あなたの額にもこれを付けて良いですか？」

と言って、少女は自分の額を指差した。

額には、赤い顔料のようなものが塗られていた。確か、ビンディーといったはずだ。

僕を見つめる瞳と声に、相手を思いやる優しさが込められている。

愛らしい仕草の少女に親しみを感じた僕は、ちょっとおどけたように「アチャー」と言って、インド人が同意する際の動きを真似て、頭を左に傾けた。彼女は驚いたように、澄んだ大きな瞳をさらに大きく見開くとクスリと笑った。

腰を屈めると、少女は僕の額にビンディーを塗ってくれた。

ヒンドゥー教徒の女性にとって額にビンディーを塗るのは特別なことなのだろう。それはキリスト教徒が胸に十字架のネックレスをするのと、同じ意味を持っているのかもしれない。

少女の優しさに触れて、自分が抱える悩みや苦しみが不思議と少しだけ薄らいでいくような気がした。

「ありがとう」

僕は日本語で感謝の気持ちを伝えた。彼女は意味が分かったのだろうか、少しはにかみながら微笑んでいた。そして出会った時のように胸の前で心のこもった合掌をすると、名残惜しそうに何度も手を振りながら、下流にあるリシケシの街に向かって去っていった。

少女はなぜ、僕の額にビンディーを塗ってくれたのだろう。……見知らぬ国から来た若者に、親近感を抱いたのだろうか。それとも神の救いを求めているように見えたのだろうか。それに確か、既婚の女性が額に塗るものだったはずだが、聖地リシケシでは習慣が違うのかもしれない。理由は分からないが、僕の胸に優しい温もりが灯されたのは確かだった。

日本ではともすれば単なる儀式として埋もれてしまう信仰が、ここでは暮らしの中に溶け込み、人々の生きる支えになっている。少なくとも僕は日本で、あの少女ほどひた向きに神を信じ、その神の愛を他人に施そうとする行いを目にしたことはなかった。

少女との出会いからずいぶん経って知ったのだが、彼女は僕の額に「ビンディー」ではなく、ヒンドゥー教の僧侶や求道者の男性が、神への信仰の証《あかし》として額に赤く塗る「ティーカ」を付けてくれたのだ。

「額に素敵な物を付けてもらったわね」

ふいに後ろから誰かが声をかけてきた。振り向くと、そこにパトリシアが立っていた。彼女はインドでどこにでもいそうな小型犬と一緒にいた。

僕は人の気配を全く感じていなかった。少女に魅せられ、心を奪われていたからだ。

「見ていたの？」

「ええ、恋の邪魔をしないように遠くからね」

パトリシアは微笑みながら言った。

「その犬の名前は？」

彼女の横に立っている茶色の痩せた犬は、喜びを全身で表すように目一杯尾を振っている。

「ジョンよ」

「いい名前だね。ジョン、おいで」

僕が名前を呼ぶと、勢いよく跳び付いてきた。それに応えるように喉の辺りを摩《さす》ると、彼は寝転び、ごろんと半回転して腹を見せ「クゥーン」と甘えた声を出した。

「ふ～ん、珍しいことがあるのね」

パトリシアは、不思議そうに僕達を見ていた。

「ジョンは一ヶ月前まで野良犬だったから、私以外には懐かないのに、あなたは特別みたい」

彼女はそう言って、バッグからハンカチを取り出すと、地面の上に置き、両足を揃えて座った。ジョンはそれを見て、横に寄り添うように座っている。

「この歌知ってる？」

パトリシアはふと思いついたように小首を傾げて僕を見ると、ビートルズの『Across the Universe』を口ずさみ始めた。

ヒマラヤ山脈の南麓《なんろく》、ガンゴートリー氷河に源を発したガンジス川は、悠久の大地を流れ続けている。その川面を彼女の歌声が流れていった。

聖なる大河は、古《いにしえ》よりどれほど多くの人達の祈りと切なる願いを、その懐に受け止めてきたのだろうか。僕の胸にパトリシアの歌声が、古いキリスト寺院の鐘の音《ね》のようにいつまでも鳴り響いていた。

「……いい歌だね」

パトリシアは僕の言葉には何も答えなかった。そばに座っているジョンを抱き寄せると、視線をどこか遠くに向けた。

透き通るような青い空から、キラキラと輝く光の欠片が地上に舞い降りている。僕達を包む小さな空間だけ、時間が止まったように感じられた。

どのくらいそうしていたのだろうか、再び刻《とき》がゆっくりと動き始めた。何かに思いを馳せていたパトシリアは、ジョンの背中をなでていた手を止めて、僕の方へ顔を向けると話し出した。

「イギリスにいた時は、エリック・クラプトンや、ジャック・ブルース、ジミー・ペイジなどのギタリストに夢中で、ハードロックばかり聴いていたけど、今は全く彼らの音楽に興味がなくなってしまったわ。

リシケシに来てから、私の心の中でいろいろなことが変わっていくのを感じるの。音楽の好みや食べ物はもちろんだけど、ただ何気ない日常がとても新鮮に感じられるわ。朝の陽の光や、小鳥のさえずり、山から吹き下ろす風にも、私の中の何かがそれに応えようとしている。まるでクリスタルの光を通して世界を見ているみたい。……瞑想の影響かしら。……こんな感覚、生まれて初めてで、怖いくらい。恭平、あなたの場合はどう？」

神秘的にも見える、パトリシアの知性をたたえた青い瞳が、僕に何かを問いかけている。

「そうだね。……あまり気にしないようにしているよ」

リシケシに来た理由や心の変化を英語で上手く伝えられない。何をどう表現したらいいのかが分からなかった。

「ところで、君はジョンと毎日散歩しているの？」

「ええ、そうよ」

自分の内面をさらけ出すのが怖くて、僕はつい話を逸らしてしまった。

「いつもは上流の方へ散歩するの。たまにはラクシュマンジュラの吊り橋を渡って、対岸にあるヒンドゥー寺院まで行くこともあるわ」

「結構遠くまで行くんだね」

「今の私にとって、ジョンと散歩をするのが一番の楽しみなの」

パトリシアの言葉には、なぜか深い悲しみのようなものが含まれていた。僕にはその悲しみがどこからきているのか、推し量る術《すべ》も、かける言葉も、何も思い浮かばなかった。

早朝は手がかじかむほどの寒さだったが、日が昇り昼を過ぎた今は、春の陽気を思わせる心地よさだ。その陽光を浴びて、ただ風の音に耳を澄ませていると、僕の肉体が溶けて風景の一部になっていくような気がした。

ジョンとパトリシアと別れると、僕は宿に向かった。

少女との出会い、パトリシアと交わした会話。全てが夢のようだった。きっと聖なる川ガンジスは、ほんの少しの気まぐれ心からか、僕に一時の安らぎを与えてくれたのだろう。

宿のそばまで来ると、陽が西に陰り、冷気が足元から這い上がってきていた。冬の陽は感傷を覚える間もなく、ガンジスの対岸に音も立てずに姿を消していった。

それは前触れもなく突然訪れた。激しい腹痛と便意である。僕はベッドを降りると部屋を出て、一階にある共同便所に向かって走り出した。やっとたどり着き、ドアを開けて中に入ると、ベルトを緩めジーパンと下着を下ろし便座をまたいでしゃがんだ。その瞬間に堪《こら》えていたものが、一気に吐き出されてゆく。股の間から下を覗くと、大きな塊《かたまり》とは別に、幾つもの飛沫が便器の淵にまで飛び散っていた。

初めて経験する激しい痛みを伴う下痢に、僕は脂汗を流しながら必死に耐えていた。繰り返し吐き出されるものは、最後には黄土色をした水だけだった。

結局、この夜は部屋と共同便所を何度も往復して一睡もできなかった。

「インドの下痢は、日本の薬では絶対治らない」

オールドデリーの安宿で出会った日本人が、確信を持った顔で言った言葉を思い出していた。

「インドに来て最初の一〜二ヶ月ぐらいが危ない。長期旅行者なら誰でも通る通過儀礼だが、上手く乗り切らないと体力を落として、もっと恐ろしい伝染病に罹《かか》ることもあるから気を付けないと。治療方法は断食が一番だよ。ただし、断食中は十分に水分を摂らないと脱水症状になるし、下痢が治まったからといって、すぐに食事をするのはとても危険だから、少しずつ戻していかなければならないんだ。初日は果物を少し摂るだけで十分さ」

僕はどうするべきか悩んだが、その日本人の言葉を信じることにした。

断食して三日、相変わらず水のような下痢が続いている。インドの風土病とも呼べるぐらい強い毒性を持った細菌は、日本では信じられないほどの生真面目さと力強さで、僕の体を一日中攻め続けている。ほんの束の間の休息もあるが、それは気休めでしかなかった。

そして僕を今一番悩ませているのは、この症状が噂に名高いインドの下痢ではなく、もっと恐ろしい病気……、例えば、腸チフスやコレラのような伝染病や、得体の知れない病《やまい》に罹ったのではないかという不安だった。「そんなことはない、ただの下痢だ。もう少しで良くなる」と自分自身に言い聞かせても、不安感を消すことはできなかった。

日本にいれば誰かに相談することもできるし、病院に行けば済む問題だが、どう対処して良いか分からず途方に暮れる何日かを過ごしていた。

リシケシの生活にも慣れたこの頃は、インドの衛生状態の悪さや伝染病に罹る危険性をすっかり忘れていた。どこか、たかをくくっていたのかもしれない。しかし、今まで経験したものとは比べものにならない凄まじさに心身ともに参っていた。

ようやく下痢が治まったのは八日目の朝だった。朝目覚めて三十分が過ぎ、四十分が経過しても、ここ一週間続いた下痢の兆候はあらわれない。僕はまたあの下腹部を突き刺すような痛みがやってくるのかと、どこか身構えていた。

時計の針が九時を回り、起きてからちょうど三時間が経った。

「ああー。治ったみたいだ」

僕の心と体から、張り詰めていた緊張が解けていく。

「もう下痢に悩まされることはないだろう」

何も食べず水だけしか口にしていないのに、一日に何十回も共同便所に通った。よくも出るものがあると不思議でならない。きっと腸壁にこびり付いていた老廃物が、水と一緒にすっかり流されたのだろう。治った安堵感からか、くだらない想像をしている自分に気付いて苦笑した。

「林檎でも食べてみるか」

独り言を言ってベッドから降りると、バックパックの中から万能ナイフを取り出した。

ベッドの端に腰かけ、ずいぶん前に買って椅子の上に置いたままだった林檎を手に取り、皮をむき四分の一に切って口に運ぶ。

「美味い！」

口から喉にかけて甘酸っぱい香りと味が広がる。その豊潤な香りと味は、食道と胃の内側の薄い粘膜を通して、全身の細胞の一つひとつに染み込んでいくようだ。何日も食べ物を口にしていなかったので、ひとかけらの林檎が本当に美味しく感じられた。

「恭平いる?」

ゆっくり時間をかけて林檎を一個食べ終えた時、誰かがドアをノックした。

「どうぞ入って、鍵はかかってないよ」

思いがけず、遠慮がちに部屋に入ってきたのはパトリシアだった。

「ここに座って」

パトリシアに椅子を勧めた。彼女は椅子に座ると、心配そうに「大丈夫?」と言った。僕が「もう大丈夫だよ」と答えると、僕を見つめ「ちょっと痩せたわね。インドの洗礼を受けた感想は?」と、優しく微笑んだ。

パトリシアの印象が三週間前に会った時とはずいぶん違っていた。瞳の縁に宿っていた憂いのようなものは消え、どこか吹っ切れたような明るさがあった。異国の生活に慣れ、自分なりのリズムがつかめたのかもしれない。ジョンと一緒ではなく、彼女一人で来たことがその証のように思えた。

「そうだね、生まれ変わったような気分だ。明日からはヨガ道場に行けそうだよ」

「それは良かったわ。ウィットラムもあなたに会ったらきっと喜ぶわ」

パトリシアは満足そうに頷《うなず》くと、言葉を続けた。

「この宿にいるデビッドから聞いたけど、断食療法をしていたそうね。それは正しい方法かもしれないわ。私はイギリスから持ってきた薬を飲みながら普通に食事をしていたせいか、一ヶ月以上治らなかったわ。インドの病院はあまり信用していなかったけど、最後はそこに行って死ぬほど苦い薬を飲んだら、一日で治ったの。イギリスに〝Do in Rome as the Romans do〟という諺があるけど、本当にその通りね」

パトリシアはとても綺麗な英語を話す。英語が不慣れな僕でも、ある程度は理解ができる。彼女が言ったのは、日本で言うところの「郷に入れば、郷に従え」だろう。

彼女はそれから一時間ほど家族のことや、ジョンとの出会いのエピソードなどを話すと、紙に自分の宿の地図を書いて僕に渡した。

「いつでも遊びに来て。山の中腹にある一軒家だからすぐに分かるはずよ。それから来る時はTORCHを持ってくることをお勧めするわ。山道は日が暮れると真っ暗になって、何も見えなくなってしまうの」

「TORCH？」

僕は何を言われたか、理解できなかった。

「ＦＬＡＳＨＬＩＧＨＴって言えば分かるかしら？　私達イギリス人は、ＴＯＲＣＨって言うの」

「懐中電灯のことだね、残念ながら持ち合わせていないよ」

「そう、でも心配しないで。帰りが遅くなるようなら私が途中まで送ってあげるわ。私の持っているＴＯＲＣＨは、あなたの心の中まで照らせるくらい明るいのよ」

パトリシアは片目を瞑《つむ》り、ウインクした。

「そういえば昨日からもう一人、日本人がヨガ道場に来ているわよ。名前はＨＩＤＥＫＩ、彼は十ヶ月前からシバナンダアシュラムの寮にいたんですって。でもここ三ヶ月は訓練を休んで、インド各地を旅していたみたい。きっと明日会えると思うわ」

パトリシアは、これからバザールに行って買い物をするの、と言って帰っていった。部屋には彼女の残していった、甘く芳醇な薔薇の香りのようなものが漂っていた。

「体調を崩していたみたいだけど?」

翌日朝のヨガレッスンを終えると、道場の中で小嶋秀樹が話しかけてきた。髪が長く目元が涼やかで、落ち着いた雰囲気から少し年上に見えた。

「もう大丈夫です」

「それは良かった。インドの下痢の凄さは経験した者にしか分からないからね。ところで今夜、リシケシの街で一緒に食事をしない?」

「喜んで」

思いがけない秀樹の誘いに、僕は二つ返事で答えた。

日が暮れかかる頃、僕達はシバナンダアシュラムの受付のある建物の前で待ち合わせをした。

その建物の二階と三階は、外国から来た生徒達が暮らす寮で、四階がシバナンダの著書をはじめヨガやヒンドゥー教関係の本が所蔵されているLIBRARYになっている。

秀樹は時間通りに建物の外階段から下りて来た。僕達は挨拶を交わすと、連れ立ってリシケシの街へ向かった。

歩きながら、お互いの自己紹介やヨガ道場の仲間のこと、行きつけのチャイ屋の話などをした。

遠い異国の地で出会ったからだろうか、僕達は以前からの知り合いのような打ち解けた口調で話をしていた。

シバナンダアシュラムとリシケシのちょうど中間辺りにある、小川に架かる石造りの橋を渡り終えると、前を歩いていた秀樹は僕の方を振り返った。

「今日の夕食は、街で一番高級なインド料理店だ。マスターには恭平も会ったことがあるんじゃない？　たまにヨガ道場に来るターバンを巻いた人だよ」

その男性とは数回しか会っていないが、すぐに思い出すことができた。背が高く、中年のせいか下腹が出ているが、肩幅のあるがっちりとした体つきをしている。彫りが深く目鼻立ちがはっきりしているのは、きっと白人系アーリア人の血が濃いからだろう。

リシケシの街に着くと日は暮れていた。メインストリートに面した小売店や食堂は皆、どこか郷愁を誘うオレンジ色の裸電球が灯されていた。

僕達がドアを開けて中に入ると、店の経営者であるハルプリート・シンは満面の笑みと、「サト　シュリーアカル」というシーク教徒の挨拶で迎えてくれた。

彼に案内された席は店の一番奥だった。僕達が落ち着いて話ができるように計らってくれたのだろう。その四角いテーブルには、真っ白なテーブルクロスがかけられていた。

上下黒のスーツを着た彼の部下に料理を注文すると、さほど時間がかからず、店のボーイが料理を運んできた。テーブルの上には何種類かのカリーとサフランライス、それと北インドの主食である、小麦粉を薄く焼いた円形のチャパティーが数枚、皿の上に置かれている。

「秀さん、ここのカリーいけるね。チャパティーも今まで食べた中で一番美味しいよ」

僕は何種類かの野菜が入ったベジタブルカリーと、ダールという豆のカリーに舌鼓を打った。

「この店のカリーは厳選した材料と、二十種類以上の香辛料、水牛のミルクを発酵して作ったギーと呼ばれるバターの取り合わせが絶妙なんだ。それとチャパティーはいくらでもおかわりできるからたくさん食べて」

僕達はしばらく話もせずに、食事に専念した。いつも行く食堂のカリーとは味が明らかに違っていた。そんなに詳しいわけではないが、辛さの中にも独特の甘みと、味に奥行きがあった。

「恭平はいつも食堂でインド料理の定食、ターリーを食べているんだったよね？」

「ええ」

「そうか……」

秀樹はしばらくすると食事をする手を止めて、真顔で何かを考えているようだった。

「これからリシケシは、日本では考えられないくらいの暑い季節がやってくる。かなり覚悟しておいた方がいいね。想像を絶する暑さだよ」

どうやら秀樹は、インドでの生活のアドバイスをしてくれるようだ。僕は椅子に座り直し、彼の言葉を待った。

「あと何ヶ月かすると、バザールでも多くの果実が出回るから、体調を考えて食べた方がいいだろう。瓜をはじめ南国の果実には体を冷やす効果があるからね。それと、ナッツとヨーグルトなどの乳製品を意識して食べる必要があるよ。インドカレーの定食だけでは、栄養が偏ってしまうからね。日本人は食べる習慣がないけど、カシューナッツやアーモンドといったナッツ類はカロリーがあって、ビタミンやミネラルなどの栄養素が豊富なんだ。街にもナッツだけを扱っている専門店があるから後で教えてあげるよ」

僕は秀樹の話に真剣に耳を傾けていた。悪性の下痢で何日か寝込んだことがこたえているからだ。

「それと、シバナンダアシュラムで正式にヨガを学ぶ者としては、肉類は食べない方がいいような気がする。何千年という長い歴史の中で、守らなければならないと定められた戒律の一つだからね。ただ君がどうしても食べたかったら、後で内緒でやっている店を教えてあげるよ」

秀樹は周りの人を気にするように、声をひそめて言った。

店内を見渡すと、いつの間にか他のテーブルにも家族連れや、恋人同士と思われる客が来ていた。どの人も服装やアクセサリーは良い物を身に着けており、ここがインドであることを忘れてしまうような落ち着いた雰囲気があった。

「秀さんはインドのどの辺を旅してきたの？」

僕は香辛料の辛さを中和させてくれる、ラッシーを飲みながら聞いた。

「ヒンドゥー教の有名なお寺や、クリシュナの生誕地と言われているマトゥラーをはじめ、聖地と呼ばれている所はほとんど回ってきたんだ。こんな機会は二度とないので、思い切って南インドまで足を延ばしてきたよ。特にブッダガヤはぜひ訪れてみたい所だったから、感慨深いものがあった。できれば仏教の三大聖地のスリナガール、サールナート、ブッダガヤは全て行きたかったけど、他の二ヶ所は日程の都合で行けなかったんだ。それでも今回の旅はいろいろな光景を心に刻むことができたよ」

秀樹は旅を回想しながら、満ち足りた表情を浮かべていた。

「ブッダガヤは確か、仏陀が悟りをひらいた所だったよね」

秀樹は黙って頷くと、今までと全く違う口調で、仏陀の悟りに至る件《くだり》について語り出した。

「今のネパール領の地で、釈迦族の王子として生まれたお釈迦様は、長く厳しい修行の中で、苦行だけでは悟りを得ることができないとお考えになり断食をやめられた。体力を回復するために、村の娘からミルク粥の施しを受けられ、その後、菩提樹の下で瞑想に入られたと伝えられている」

秀樹の言葉には、仏陀に対する特別な思いが感じられた。僕は頷きながら、いつの間にか彼の話に引き込まれていた。

どこか遠くを見るような秀樹の目には、時を越えて、仏陀の瞑想している姿が映し出されているのかもしれない。

「仏典では瞑想中に、悟りに至る最後の試練でもある悪魔からの甘い誘惑が幾つもあったとされているけど、お釈迦様はその誘惑が、五感の働きによる肉体や、生に対する執着から生み出された幻と認識し、それらを退けられた。そして二十一日の深い禅定《ぜんじょう》の中でこの世における全ての真理を会得され、ゴータマ・シッダールタから〝悟った人〟という意味を持つ〈仏陀〉になったと言われている」

秀樹は仏陀の悟りについて語り終えると目を閉じた。

一瞬、僕達を包む空間に、清らかな山の霊気に似たものが流れた。それは、瞬《まばた》きをしたほんのわずかの間に跡形もなく消え去っていた。

「お釈迦様は瞑想で悟りを得られたんだ」

秀樹の話は、僕にとっては新鮮な驚きだった。そして、どこか誇らしい気持ちにもなっていた。きっと、ヨガの瞑想を毎日続けているからだろう。

「そうだよ。もちろん長く厳しい修行があったから悟りを得られたのだけど、瞑想は真理を求める者にとって、最も大切な訓練法の一つなのだろう。シバナンダアシュラムに瞑想室があるのは、ヨガ修行にとって瞑想が重要なことだと、シバナンダも考えていたからだろうね」

秀樹はまだ手を付けていなかったラッシーのグラスを手に持ち、ゆっくりと飲み始めた。彼の横顔にはまだ、仏陀に対する思いを語った余韻が残っていた。

食事が終わりチャイを注文すると、ハルプリート・シンは僕達のテーブルに来て秀樹の隣に座った。二人は英語で短い会話をした。

「恭平、彼のことは知っていたよね」

秀樹は日本語で言った。

「ヨガ道場で何度か会ったことがあるけど、まだ話したことはないですね」

僕も日本語で答えた。

「それなら正式に紹介しよう」

秀樹は流暢な英語で話し始めた。

「ハーラ、友人を紹介するよ。彼は日本から来たKYOHEI TAMURAだ。シバナンダアシュラムでヨガを始めて二ヶ月足らずだから、インドの生活にはまだ慣れていない。これから先何か困ったことがあって、君にも相談に乗ってもらうことがあるかもしれないが、その時は頼むよ。」

「KYOHEI、私はハルプリート・シンです」

シンは椅子から立ち上がると、握手を求めてきた。

「私のことはハーラと呼んでくれ。ヒデが名付けた愛称だ。私達は今日から友達だよ」

僕も立ち上がり、彼と固く握手をした。

「インドは外国人が長く生活するには厳しい環境だから、何か困ったことが起きたらいつでも相談に来なさい。ヒデもここに来た当初は、ずいぶん私の所に遊びに来たよ」

ハーラの声には落ち着きがあり、美しい響きがあった。彼の穏やかで包容力のある雰囲気から、シーク教徒としての教えを守り、自己節制と奉仕の精神で日々の生活を送っていることがうかがえた。

僕達はそれから英語でいろいろなことを話した。

ハーラが最も関心を示したのは、日本の経済成長と、高い技術力に裏打ちされたカメラや電子計算機などの精密機械についてだった。彼は、日本の経済や工業製品について驚くほどの知識があった。中には、秀樹が返答に困るような専門的な話も含まれていた。

今のインドでは、国を愛する者にとって、経済発展と貧困からの脱出が切なる願いだということが、彼の話しぶりから伝わってくる。

僕は今まで漠然と持っていた、インドに対するイメージが間違っていたことに気付かされた。そして、インドの将来を自分のこと以上に真剣に考えている人間がいることに驚きを覚えた。きっと、僕は今までガイドブックに書かれているような、表面的なことしか見ていなかったのだろう。

「ハーラ、そろそろ店を閉める時間じゃないの？」

秀樹は左手にはめている腕時計の時間を確かめて言った。

「OH！　もうそんな時間か」

ハーラは両手を広げ、大袈裟なジェスチャーで驚きを表現した。

彼は僕の方に顔を向けた。

「恭平、何か困ったことがあったら、いつでも相談に乗るから遠慮せずに来るんだよ」

僕達はその言葉を最後に席を立つと、支払いを済ませて店を出た。

街は店に来た時とは打って変わり、夜更けの静寂の中に沈んでいた。

しんと静まった道に座り込んでいる白い牛に、月が蒼い光を投げかけ、どこか幻想的な世界を演出していた。

三章——告白

「あそこよ、三日前に死体を見た所は」

パトリシアは強張った顔で、ガンジス川の川岸を指差した。

「ジョンが急に駆け出して、岸辺で吠え始めたの」

僕は黙って頷いた。

「何かと思って近寄ったら、川の水で膨《ふく》れ上がった死体にたくさんの魚が群がって、ついばんでいたわ。私にはそれがまるで、地獄に落とされた人間が、魚の形をした悪魔ダゴンに肉体を食い散らかされている姿に見えたの。一瞬、息が止まりそうになってしまったわ。……私の二十五年の人生では一番の衝撃よ。あんなことがあったなんて、今でも信じられないくらい」

彼女はその時の驚きを思い出したのだろう、眉を寄せ、肩を竦《すく》めた。

「ガンジス川の流域には幾つかの火葬場《かそうば》があって、亡くなった人はそこで火葬されると聞いたことがあるけど」

「ええ、私もそう聞いたことがあるわ。でも違っていたみたい。きっと上流のどこかで、死体を焼かずにそのまま川に流したのよ。あれでは魂が天国に行けない気がするわ」

パトリシアは、大切な家族を失った時のような悲しそうな顔をした。

僕は彼女の感情の高ぶりが収まるのを待って声をかけた。

「もしかしたら、亡くなった人の御家族もそう思っているかもしれないよ」

「え？」

パトリシアは小さな声を上げた。

「きっとこの国の貧しい人達は、遺体を焼くための十分な薪さえ揃えられないのかもしれないね。それと、事故などで天命を全うできなかった遺体は、火葬にされず白い布に包んでそのまま川に流すと聞いたことがあるよ」

パトリシアは下を向いて目を閉じると、僕が言った言葉の意味を噛みしめるように何かを考えていた。ジョンが時折心配そうに彼女を見ていた。

「そうね。……私達は何も知らないのに、この国の習慣や風習を迂闊に語るべきではないかもしれないわね」

パトリシアは自分自身に語りかけるように言った。ただ、完全には納得していなかったのだろう。……死体のあった辺りの岸辺を、いつまでも見つめていた。

僕達はガンジス川の上流に向かって、三十分ぐらい歩いてきた。お互いに言葉を交わすこともなく、空に浮かんでいる白い雲を眺めたり、冬枯れの野に咲く小さな花などに目を留めたりしていた。

生気のなかったパトリシアの顔に、いつの間にか赤みが差していた。

「君と僕の歳が一緒なのは、ちょっと驚きだな」

「私、あなたに年齢のことを言ったかしら？」

と、パトリシアは少し首を傾げて言った。僕はその自然で愛らしい仕草に、少しホッとした。

「さっき、二十五年の人生で一番の衝撃だと、言ったよ」

「そう？　別に隠すつもりはなかったけど……。恭平は私が何歳ぐらいに見えたの？」

「言ってもいいのかな？」

「もちろん。何を言われても平気よ」

パトリシアは優しいまなざしを僕に向けた。

「とても知的で、大人の雰囲気があるから、もっと年上だと思っていたよ」

「ありがとう。褒め言葉として受け取っておくわ。私は初めて話した時から、あなたが同い年だと思っていたの。東洋人は実際より若く見えるけど、私のなんとなくの勘は結構当たるのよ」

そこからしばらく行くと前方に、午後の柔らかな陽ざしを受けて、ラクシュマンジュラの木の吊り橋が見えてきた。対岸まで伸びている幅三メートルほどの吊り橋には誰もいなかった。

パトリシアは僕の方を振り向いてにっこり微笑むと、橋に向かって走り出した。僕も遅れないように彼女の後を追いかけた。

「恭平、見て！　ここから見るガンジス川はとても綺麗よ」

パトリシアは立ち止まると、欄干《らんかん》に手をかけ、身を乗り出すようにして感嘆の声を上げた。

「青きガンジスと呼ばれる理由が、ここから眺めるとよく分かるわ」

眼下には陽に照らされてキラキラと輝く青い光の帯が、谷に沿って上流から下流に流れている。

「とても綺麗だね。君の瞳のように碧く輝いていて吸い込まれそうだ」

僕はパトリシアの横に立ち、眼下に流れるガンジス川を見ながら言った。

「今、私を口説いた？」

前を見ていたパトリシアが、笑いを含んだ声で言った。

「え？」

一瞬何を言われたか分からなかったが、すぐに思い当たった。

「僕はイタリア人みたいにプレイボーイじゃないよ。素直な感想を言っただけだ」

「そう？　それは残念ね。でも、顔を赤くしているあなたはかわいいわ」

彼女はすました顔で僕をからかった。


「生きることにどんな意味があるのかしら……」

パトリシアは眼下に流れるガンジス川に視線を向けたまま、さっきとは違う低い声で、呟くように言った。その声は神妙でどこか悲しげだった。

「インドに来て、多くの貧しい人達を見てきたわ。この頃、この世には本当に神様がいるのかしらと思ってしまうの。もちろん頭では分かっているのよ。インドの貧しさの原因が、長い間イギリスの植民地だったことや、カースト制にあることも……。でも貧困に苦しんでいる人や、手や足のない物乞いの人達に出会うと、心の動揺を抑えきれないの」

パトリシアはやり場のない悲しみや無力感にどう向き合えばいいのか分からず、途方に暮れているように見えた。

「彼らに手や足のない人が多いのは、〝施し〟を多くもらうために、親が自らの手で切り落とすからと聞いたことがあるよ」

「ええ、私も聞いたことがあるわ。でも、私には信じられない。自分の子供の手や足を切るなんて！　この世にそんな悲しいことがあるのかしら……」

パトシリアはその後何かを言おうとしたが、その言葉を飲み込むようにして、視線を宙に漂わせた。……彼女の頬を一筋の光るものが流れていった。

――かつてインドには、東方の光輝く国と西洋から言われるほど、物質的に豊かな時代があった。

パトリシアが言うように、インドの貧しさの原因の多くは、イギリスの植民地政策に端を発するものなのだろう。

一九〇六年、マハトマ・ガンジーはインドを貧しさから救うために、インド人の誇りを取り戻すために、宗主国であるイギリスを相手に勇気を持って戦いを始めた。彼の目指した理想は、力や武器に頼らず、神への信仰に根ざした〝非暴力と不服従〟という武器で、イギリスから独立を勝ち取ることだった。

人類史上、ガンジーの戦いほど、被征服者が征服者に武力を使わず、これほど多くの成果を得た例はないと言われている。そして、ガンジーの残した最大の功績は、憎しみも血も流すことのない非暴力と不服従は、世界を変える力になると教えてくれたことだろう。

しかし、長く続いた植民地時代にイギリスから多くの富を搾取され、植民地政府によって、インドの伝統的な綿織物工業は衰退した。自国の工業発展の可能性を奪われ、自立の道を絶たれた後遺症はいまだに深い傷跡として残り、埋めることができないでいる。それに加え、人口の爆発的増加と、何千年という歴史の中で人々の日常に浸透しているカースト制が複雑に絡み合い、この国の抱えている矛盾と混迷をより一層深めている——

「私にも何かできることがあるかしら？　……」

パトリシアは長い沈黙の後、自分自身に問いかけるように言った。木の吊り橋が音も立てずにいつまでも揺れている。

この国の現実は辛く厳しい側面を抱えている。それをありのままに受け入れて消化するには、長い時間が必要なのだろう。彼女の気持ちは理解できたが、インドに来て間もない僕にはそれにどう答えたらいいのか、言葉が見つからなかった。

僕達はそれからしばらく風に吹かれながら、ガンジス川を眺めていた。

そばに座っているジョンも、じっと遠くに視線を向けている。陽がだいぶ西に傾き、「青きガンジス」はその姿を変え始めていた。

「そろそろ戻ろうか？」

僕は声をかけた。

「ええ、そうね……」

パトリシアはなぜか、少し心残りがあるようだった。

彼女はもしかしたら、ガンジス川に何かの祈りと、願いを託していたのかもしれない。


二百三十段の石段を上がった所に四つの建物がある。それを正面から見ると、左がヒンドゥー寺院、中央にヨガ道場と瞑想室、右にあるのは大理石造りのサマーディホールと呼ばれる聖堂だ。

サットサンガと呼ばれるヒンドゥー教の儀式は、午後七時から始まる。

聖堂に入ると、今まで経験したことのない空気が僕の体を包み込んだ。この広い空間にある空気は、他とは明らかに違っていた。重いような気がするが、不思議と心地よい。大きな両手で包まれているような安心感がある。

奥の壁の前には祭壇が設けられ、その上にはヨガと瞑想の守護神であり、この世の破壊と再生を司るシヴァ神《しん》の像が置かれている。

祭壇奥の壁の上部には、ヒンドゥー寺院とヨガ道場の創始者で、すでに他界しているシバナンダの写真が飾られていた。金の額縁に入れてある写真は荘厳な感じがする。

入口から向かって左側の大理石の壁に、シバナンダの教え〝Be good Do good〟――良き人になれ、良き行いをせよ――の言葉が彫られている。ちょうど目線の高さにあるその文字は、シバナンダが縁ある人に一番伝えたかった言葉だ。また、その横には〝生き物を殺すなかれ、汝の中の生き物エゴを殺せ〟という言葉が、紙に書かれて貼ってある。

リシケシでの数年の修行の後、シバナンダは神から直接的な啓示を受けた。

――シバナンダよ、これからは弟子をとって神の愛の教えを広めなさい。そして多くの人の心と魂を救いなさい――

シバナンダは神の導きにより、ヒンドゥー寺院とシバナンダアシュラムを設立し、さらに、シバナンダを慕う多くの人々の援助を受け、ライ病患者を救うための施設も建てた。

「私はヒンドゥー教徒であり、イスラム教徒であり、仏教徒であり、キリスト教徒でもある」

彼は当時の世界が抱えていた民族間の対立や、宗教にもとづく戦争を回避し、異なる考えを有する人々が共存する社会を実現するための活動を始めた。全ての宗教・信仰は大いなる神のもとでは一つであるとの信念から、国内のあらゆる階層や、いろいろな宗教・宗派の人はもとより、海外からの修行生も積極的に受け入れた。

　また、シバナンダの忘れてはならない言葉がある。

「ヨガの修行過程で生じる神秘体験を求めたり、一般的に超能力と呼ばれるものが芽生えても、決してそれらに囚われてはならない。なぜならそれは重要なことではなく、囚われることにより神の魂から離れ、教えに背《そむ》くことにもなるからだ」と、彼は繰り返し警告した。それは見方を変えれば、ヨガ修行をする者にとって、避けて通ることができない罠であり、修行の成就を阻む甘い誘惑なのかもしれない。

　祭壇の前には、七人の僧侶が床に座り、左右の壁際には五十人以上の人が座っている。そのほとんどはリシケシの街から来ている人達である。家族連れや商人、チャイ屋の店主など、いろいろな階層や職業の人々であることは、肌の色や着衣で容易に推測できた。残りは少数だが、外国人旅行者とヨガ道場の生徒である。

　僕は少し緊張しながら、右側の壁を背にして座った。初めて参加するサットサンガの雰囲気が、僕を厳粛な気持ちにさせている。

　午後七時、サットサンガは時間通りに始まった。

　一人の僧侶が立ち上がり、聖堂中央へと歩みを進めた。

　真っ白に伸びた顎髭、額に塗った赤のティーカが慈悲深さを感じさせる。

彼は聖堂中央に立ち、神に祈りを捧げると、聴衆に向けて話し始めた。思いを込めて語るその姿には、真理を求める者だけが持つ喜びに溢れ、聖典で語られている言葉の真の意味を自分自身に問いかけているかのようだ。

講和の内容は、インドの聖典『ヴァガバッド・ギーター』から引用したものと聞いている。そこでは、ヒンドゥー教の神々の役割やその意味、人々がこの世で果たさなければならない務めなどを説いていると、ウィットラムが言っていた。

リシケシから来た信者は、熱いまなざしを僧侶に向け、身動《みじろ》ぎもせずにじっと耳を傾けている。

きっと、熱心なヒンドゥー教徒の人達には心に響くものがあるのだろう。講和はヒンディー語ではなく英語で語られているが、僕の耳には知っている単語が断片的に入ってくるだけだった。

多くの人達は時折、相槌を打つように大きく頷いたり、満足そうに微笑んだりしている。イギリスの植民地だったせいか、母国語でない英語も理解しているようだ。

約三十分の講和が終わると、信者の人達が一番楽しみにしている、神に捧げる歌「チャント」の時間が始まる。

真っ白な衣を身に着けた若い僧侶は、目を閉じると静かに歌い出した。その歌声は、この世の平安を願う祈りであった。蜜のように甘く、暖炉の温もりのように暖かい。

インドの弦楽器シタールと、二つの太鼓からなるタブラが共鳴して、心の扉を叩く。

何人かの信者はうっとりとした表情で聞き入り、多くの人達は体を揺らしながら、僧侶と一緒になってチャントを口ずさみ始めていた。

手動式のオルガンであるハルモニウムは、膨らみのある優しいメロディーを奏で、タムリンガと呼ばれる大太鼓は、腹に響く重厚な音を鳴らし、私達が忘れてしまった太古の記憶を呼び覚ますかのようだ。

歌の意味は分からないが、ヒンドゥー教の三大神であるシヴァ、ヴィシュヌ、ブラフマー、そしてシヴァの妃のパールヴァティー、学問と芸術の女神であるサラスヴァティーの名前が聞き取れる。

僕はいつの間にか、聖堂全体を包んでいる世界に引き込まれていた。

……ふと気付くと、チャントは三曲目の演奏に移っていた。

JAY GURU JAY GURU JAY
僕の中で何かが変わり始めている。

JAY GURU JAY GURU JAY
初めて経験するインド音楽に心を奪われていた。いや、それ以上に、インド楽器と僧侶の歌声に感応し始めている自分自身の感覚に戸惑いを覚えていた。

周りの人達は、僧侶が奏でるチャントに合わせて、体を前後左右に揺らしながら楽しげに歌っている。

JAY GURU JAY GURU JAY GURU JAY
胸の奥が燃えている。

JAY GURU JAY GURU JAY GURU JAY
脊髄に沿って熱い何かが駆け上がってくる。

心の中で二つの思いが揺れている。

その一つは……得体の知れない見知らぬ世界に体ごと連れ去られてしまうのではないかという不安と恐れ。もう一つは、この感覚に身を任せていると、僕の心を縛っている、悩みと苦しみから解き放たれるのではないかという期待。

僕は思い切って、聖堂全体に広がったエネルギーの流れに身を任せてみた。

意識が切れ切れになっている。周りの人達と一緒に、チャントを口ずさんでいたようでもあり、聖堂全体に広がっているエネルギーとともに、心と体と魂がはるか天空の彼方に羽ばたいていったようでもある。

JAY GURU JAY GURU JAY GURU JAY

JAY GURU JAY GURU JAY GURU JAY
インド音楽が、僕の心と体と魂をいつまでも震わせていた。

歌と演奏を終えた僧侶からサットサンガに参加した全員に、祭壇に供えられたインド菓子が手渡された。指導的な立場に見える僧侶は、真鍮の円いお盆にのせた三角錐の香炉の煙を信者の頭上に振りまき、一人ひとりに向けて丁寧に、神の祝福の言葉をかける。その言葉を頂いた人達は、嬉しそうに両手を合わせ頭を垂れている。

サットサンガは静かに幕を閉じようとしていた。ヒンドゥー教の儀式はわずか二時間だったが、僕にはもっと長く感じられた。

街から来た参加者は、満足そうな表情を浮かべ、それぞれの家路に就いた。僕は人々の後に続いて最後に聖堂を出ると、石段を下り、人通りが途絶えた道を一人宿に向かって歩いていた。

街灯が一つもない真っ暗な冬の道に、ヒマラヤからの風が地を這うように吹き抜けていく。風は強く、体の芯まで凍えるような寒さだった。

あの感覚は何だったのだろう……？

「幻かな？」

日本語が口をついて出た。

今も続いている顔の火照りと、胸のざわめきは、何かが変わることを暗示しているのだろうか。

神秘体験に囚われてはならないというシバナンダの言葉が、今日体験した感覚に重なる。僕は、未知の領域に足を踏み入れてしまったのかもしれないという恐れを感じた。


リシケシからイミグレーションオフィスのあるナレンドラナガールの村までは、三十分のバス旅である。

ターミナルを出たバスは、街並みを過ぎると平坦な道に別れを告げ、勾配のある曲がりくねった山道を上っていく。古ぼけたバスは白い排気ガスを撒き散らしながら、車体を揺らしている。

バスの運転手は、それが神から与えられた使命と信じているのか、アクセルを緩めずカーブに突っ込んでいく。

「あっ！」

僕は恐怖で思わず目を瞑ってしまった。

恐る恐る薄目を開けて周りを見ると、乗客は荒っぽい運転に慣れているのか、あるいはそういうことに鈍感なのか全く気にしていない。

「さっきから黙っているけど、どうしたの？」

隣に座っているパトリシアが声をかけてきた。

「君は平気なの？」

僕は聞き返した。

「何が？」

「この荒っぽい運転だよ」

「何だ、そんな理由だったの？　私はあなたを傷つけることを言ってしまったのかと思って、心配していたのよ」

「この掌を見てごらん、緊張で汗まみれだ。こんな狭い山道なのに、たまに来る対向車も、このバスも、全くスピードを落とさずにすれ違っていく。インド人の運転が僕達の常識とかけ離れているのは知っていたけど、この運転手は特にどうかしているね」

その時、バスが突然急ブレーキをかけると、僕の座っている左側の車体が「ガッガッガー」

と嫌な音を立てて、前後左右に何度か揺れた。山道を下ってきた対向車と接触事故を起こしたようだ。

バスの運転手は窓を開けると、体を乗り出すようにして振り向き、走り去っていく小型車に向かって、大声で何かわめき散らしていた。

車内に一瞬静寂が訪れたが、しばらくすると、乗客達は何事もなかったかのようにざわめきを取り戻した。

リシケシを出てちょうど三十分、塗装の剥がれたバスは無事ナレンドラナガールの村に着いた。

僕はバスを降りると、緊張を取るために肩の力を抜いて大きく息を吐き出した。

運転手は接触事故があったことなど全く気にするふうでもなく、少し離れた所で、インドの安煙草であるビディを、目を細めて美味そうに燻らせている。

いつの間にか、バスの乗客は誰もいなくなっていて、狭いバスターミナルには、相変わらずビディを吸っている運転手と僕達だけになっていた。

「恭平、あれを見て！」

パトリシアの声が少女のように弾んでいた。彼女が指差した視界の先には、雲一つない真っ青な空の中に、インドヒマラヤの山並みが続いている。ひときわ輝いているのは、雪の衣をまとった聖なる山、ニールカントだろう。

「みんなの言ってたことは本当だったわ。ここに来ると、インドヒマラヤの頂が一望できて、とても感動するって。想像していた以上ね」

パトリシアは興奮を隠しきれず、瞳をキラキラと輝かせていた。

それは吸い込まれそうな景色だった。言葉がちっぽけなものに感じられる。何をどう表現すればいいのか。……静かな感動が体いっぱいに広がっていく。

僕達はただ黙って、インドヒマラヤを眺めていた。いや、目を離すことができなかった。神が宿ると信じられている山々は、圧倒的な存在感で天を目指してそびえ立っていた。

二十分以上そこに立っていただろうか。寒さを感じ始めた僕は、隣にいるパトリシアに声をかけた。

「そろそろ、行かない？」

「そうね……」

彼女は肩をすぼめて僕の提案に同意した。でもまだ未練がある様子で、歩きながら何度も後ろを振り返っていた。

道沿いにポツンポツンと建っている煉瓦造りの家が、冬の太陽の光を受け、人通りの少ない道に影を落としている。

標高が高いからだろう、歩いている足元から冷えが伝わってくる。時折インドヒマラヤからの風が僕達の横を吹き抜けていく。僕は思わずスウィングトップのジャンパーの襟を立てた。

約一時間。山間の小さな村に建つ家並みや風景を楽しんで、僕達は昼食を摂るために、村の中心部にある一軒の食堂に入ることにした。まだ時間が早いせいか食事をしている人はなく、何組かの村人達はチャイを飲みながらゆったりとくつろいでいる。

僕達は席に着くと、羊肉のターリーを注文した。これが僕がインドに来て初めての肉料理だった。一口食べて、僕はパトリシアを見た。彼女も言葉にはしなかったが、同じ気持ちだったのだろう。お互いの顔を見て、思わず笑ってしまった。

ヨガの教えに背いた罪悪感からか、それともヨガの訓練で体質が変わってしまったのか、日本にいた時はあんなに好きだった肉料理が、何か砂を噛むような味気なさだった。

僕達は口直しに、チャイを注文した。

「恭平、歩いて帰らない?」

食堂を出ると、パトリシアが言った。

「うん、そうしようか」

僕は彼女の提案に同意した。

歩き始めて二時間、だいぶ山道を下ってきた。

僕達はその間にいろいろな話をした。気付けば、ヨガに対する考え方や心のありようなど、普段決して言葉にはしない内面的なことまで話していた。話しながら、それが不思議でならなかった。

もしかしたら僕は、パトリシアに対して、友情以上の感情を抱き始めているのかもしれない。これまで自分に嘘をついて、気付かないふりをしていただけなのだろう。

「そんなはずはない！」

心に浮かんだその思いを否定するように、僕は小さく首を振った。

弾むような足どりで前を歩いているパトリシアは、僕の心の揺れには気付いていないようだった。

あと少しで街に着けそうな所まで来ると、左に曲がる小道が見えてきた。道幅は狭いが、人がよく通るようで下草は生えていない。

「この道を行ってみない？　私の勘だとリシケシに抜けられそうな気がするの」

パトリシアは三時間以上も歩き続けたのに、疲れたそぶりも見せずに言った。

「そうだね、日が暮れるまでまだ時間がありそうだから行ってみようか」

僕達は思い切ってその小道に足を踏み入れた。

道を進むと、高さが異なる幾種類かの広葉樹が枝と葉を広げ、深い森を形成していた。

人の気配を感じた猿が声を上げ、木の枝を揺らしている。

「恭平、あそこを見て。あんなにたくさんの猿がこっちを見ているわよ」

パトリシアが指差した先には、両肩と胸の筋肉が盛り上がり、人間の大人くらいの体格をした猿が数匹、枝の上に立ち、敵意に満ちた視線を僕達に向けている。

「ちょっと怖いね」

「彼らを刺激しなければ、心配することはないわ」

パトリシアは強がりを言っているが、緊張している様子が伝わってくる。僕達は猿を警戒しながらその場を離れると、前へ進んだ。

しばらく歩くと、辺りは森の静けさに包まれていた。小鳥のさえずりと、葉を揺らす風の音以外何も聞こえない。

僕達はどこまでも続く緑の回廊を歩いていた。


小道を歩き始めて三十分ほど経っただろうか、いきなり魔法の扉が開いたように、広々とした光景が視界に入ってきた。牧草の生えたなだらかな丘に、牛が放し飼いにされていて、小さな家が点在している。

丘の中腹にポツンと建つ一軒の小さな家の土壁に、牛の糞《ふん》を手で張り付けている十歳ぐらいの少女がいた。太陽の熱で乾かした牛の糞は、燃料として使うのだろう。

「ナマステ」

パトリシアは女の子に近付き挨拶をした。少女は作業の手を止め、少しはにかんだ表情を浮かべた。

「こんにちは」

僕は警戒心を解くため、できるだけ優しく話しかけた。

「……」

少女は少し首を傾げ、澄んだ大きな瞳で僕達を見つめている。

「僕は恭平です」

自分を指差して、覚えたてのヒンディー語で言った。

「私はパトリシア、よろしくね。リシケシの街には、どう行けばいいのかしら?」

「……」

少女は、外国人を見るのが初めてなのだろうか。戸惑いながらも、その方向を指差してくれた。

「ありがとう」

パトリシアと僕は礼を言うと、その場から離れようとした。

少女は慌てたように、牛糞の付いた手を胸の前で合わせ、頭を下げている。僕達も彼女に倣って合掌をした。少女は相変わらず胸の前で手を合わせ、無邪気な笑顔を浮かべている。身なりは質素だが、その瞳の輝きから、満ち足りた暮らしぶりが想像できた。

僕はインドに来て初めて、心と体から緊張が消えていくのを感じていた。それほど、ここは時がゆったりと流れ、どこかとても懐かしい気持ちにさせてくれる特別な場所だった。

大地を踏みしめるように、なだらかな丘を下る。

途中、小さな集落が幾つかあり、小さな男の子が走り回って遊んでいたり、牛の乳搾りをしている何人かの大人に会った。

この辺りにチベット族の人は住んでいないと聞いていたが、皆、肌の色や顔つきが明らかにモンゴロイド系だった。ヒマラヤの険しい山々を幾つも越えてきて、ここに定住したのかもしれない。少なくとも僕はリシケシに来てから彼らのような人種を見たことがなかった。

この国は本当に懐が深い。人種ばかりではなく、どんな宗教や風俗なども全て受け入れ、独自の文化と文明を築き上げてきた。僕は改めて、インドの魅力の一つを発見したような気がしていた。

その懐の深さは、近年中国共産党政権によって武力侵略されたダライラマ率いるチベット亡命政権を、インド国内に無条件で受け入れ、何の見返りも求めず手厚い援助をしている姿勢にも表れている。

高い理想を掲げ、全てを受け入れる度量は、何千年という年月の中で培われたインド文明の成熟度の証なのだろう。

その日、僕達はまだ陽が落ち切らないうちにリシケシの街に着いた。

パトリシアと別れた後、僕は宿に着くまでの間に一つのことを心に決めた。

……今日パトリシアに抱いた感情は、僕の問題に決着がつくまで、胸の奥にしまっておこうと。


瞑想室の広さは約三十畳、板張りの床に絨毯が敷いてある。

窓には陽ざしを避けるためのブラインドが下ろされ、インドヒマラヤの野草で作った香が焚かれていた。

僕は特別な用がないかぎり毎日ここに来て、二時間ほどの訓練をすることを自分自身への約束事として決めていた。

部屋にはすでにヨガ道場の生徒が中央に一人、右隅に一人、ヨガで蓮の花の形と呼ばれている結跏趺坐の姿勢で瞑想していた。

僕は二人から離れた所に座り、心を鎮めて呼吸を整えると、瞑想に入っていった。

瞑想を始めて三十分ほど経つと、雑念などの意識の塵が祓《はら》われ、深い禅定《ぜんじょう》に入っていく。瞑想室で座っている自分とは別の、もう一つの意識が過去へと旅をする。

僕が暮らした家は、小さな庭に柿の木と枇杷《びわ》の木があり、信州の山育ちの母親が、季節ごとにいろいろな花を育てていた。

瞑想の働きによって、心のスクリーンに映し出された映像は、酒の酔いに力を借りて荒れ狂っている父の姿だった。

ちゃぶ台にのせられた食べ物やコップを投げつけ、食器の割れる音がする。意味の分からない大声を上げ、会社の同僚や上司を罵《ののし》る声も聞こえてくる。

小学校低学年の僕は、襖《ふすま》一枚隔てただけの隣の部屋で、何かから逃れるように布団を頭からかぶり、耳をふさぎ、嵐が去るのをじっと耐えていた。幼い僕は、恐怖から身を守る術《すべ》をそれしか知らなかった。

次の映像は中学一年の時のものだった。

授業の一環として、自宅で稲を水耕栽培していた。茶色い素焼きの器は学校から指定されたもので、皆同じものを使っていた。縁側に置かれた稲は水だけで育ち、秋になると小さな稲穂をたわわに実らせた。

その日は休日だったのだろう。父は昼間からちゃぶ台の前で胡坐《あぐら》をかいて、安い冷酒をあおっていた。

突然何を思ったのか、持っていた茶碗をちゃぶ台に置くと、よろめきながら立ち上がった。ふらつく足で二～三メートル先の縁側まで行き、何かをわめきながら、そこに置かれていた素焼きの器を庭に投げつけた。

僕は開け放たれた隣の部屋で、息をひそめるようにして宿題をしていたが、それを黙って見ているしかなかった。

秋の西陽を受け、砕けた器と稲が、庭に散らばっている。

今でも耳を澄ますと、あの時の器が砕け散る、悲しげな音が聞こえてくるような気がする。

呼吸が乱れている。

心を落ち着かせるため、いつも瞑想の初めに行う数息観で、数字の一から十までを呼吸に合わせてゆっくりと数える。

焚かれている香の匂いが、高ぶった気持ちを鎮めてくれる。

ようやく呼吸が安定し、気が丹田に落ちたと思われた時、意識の底に隠されていた記憶が、映画のワンシーンのようにありありと蘇ってきた。


「恭平を養子に出すなんて絶対に認めません」

母が父を睨みつけている。

「姉さんに泣きつかれて困っているんだ」

父は母に弁解をしている。まだ三歳ぐらいと思われる僕は、言い争う両親のそばで小さな布団に寝かされていた。幼いながら自分のことで争っているのは感じていた。

「恭平は私のものよ。養子には絶対出さないから！」

母は僕を抱きしめながら言った。

「お前は俺の言うことが聞けないのか！」

父の振り下ろした拳《こぶし》が、目の前に迫ってきた。その瞬間、僕は恐ろしさのあまり、ありったけの声を振り絞り泣き叫んでいた。


子供ができない父の姉夫婦の家に僕が養子に出される話が、現実にあったのだろう。

以前読んだ心理学の本に、親の暴力によって受けた幼少期の心の傷は、心の奥に閉じ込められて、一切思い出されない場合があると書かれていた。しかし、その記憶は決して消えたわけではない。成長とともに記憶は形を変え、不幸を引き寄せる負のエネルギーとなって、その人の人生に影響を与え続ける。

それは親から子へと続く、家庭内暴力の大きな原因の一つになっている。心理学者ソンディが説いた家族的無意識での負の連鎖であり、仏教的な言葉で言うところの因縁なのだろう。

瞑想には、傷付いた心を苦しむことなく癒やし、魂の成長を促す効果がある。僕にはそれが、「生きる」という試練の旅を歩まなければならない人間に対する、神様からの〝贈り物〟に思えてならない。

ビートルズ解散後、ジョン・レノンの初のソロアルバム『ジョンの魂』に収められている『MOTHER』は、ジョンが幼児期に受けた心の傷を詩と曲に託している。僕はその歌を聞くと、なぜか胸の奥を締め付けられるような痛みを感じていた。

記憶は失われていたが、自分は父に捨てられたのだという思いがいつも心の片隅にあったからだろう。

船乗りだったジョンの父は、行方不明になってしまった。そして母までも、彼を捨てて自分自身のために生きる道を選んだ。

心に深い傷を負ったジョンは、港町リバプールで伯母夫婦によって育てられた。ジョン・レノンはある時期、自分自身の内面と向き合い、心の傷を克服するための道を選んだ。

彼の瞳に映し出されたのは、どれほどの孤独と、悲しみに満ちた少年時代の姿だったのだろう。

人はとても切なく、そして悲しい存在なのかもしれない。でも、だからこそ、人間が本質的に抱えている心の弱さと向き合い、勇気を持ってそれに立ち向かっていく姿は気高く美しい。

瞑想を終え、足を崩すと、僕はそのまま床に仰向けになって目を閉じた。

また、忘れていた辛い思い出が脳裏をよぎっていく。禁断の扉の向こうには、あとどれくらいの思い出したくない記憶が閉じ込められているのだろう……。

僕達幼い兄弟は、暗い庭の隅でうずくまって震えていた。父の暴力から逃げるためだ。母は玄関の戸をそっと開け、そこに僕達を見つけると安堵の表情を浮かべ、家の中の様子を窺いながら歩いてきた。

「あと少しで寝るはずだから、もう少しの辛抱だよ。決して、父さんを恨むんじゃないよ」

「決して、父さんを恨むんじゃないよ」

母は僕達を強く抱きしめると、その言葉を何度も言い続けていた。

母の言葉に重なるように、また新たな記憶が心のスクリーンに映し出される。

あれは小学校六年の時の出来事だ。その日、父は会社で嫌なことがあったのか、外で酒を浴びるほど飲んで遅い時間に帰宅した。

隣の部屋から父と母の言い争う声が聞こえてくる。僕は布団の中で息をひそめ、身を固くしていた。

どのくらい時間が過ぎたのだろうか。隣近所はもう寝静まっている。一旦静かになった後、異様な叫び声と、母の泣き声が聞こえてきた。

僕は布団から起き上がると、そっと足音を忍ばせて部屋を隔てる襖に近づき、隣の部屋を覗き見た。

母は父の暴力から逃げ遅れたのだろう、部屋の隅にうずくまっている。目がつり上がり、口から白いよだれを垂らした父が、母の上に馬乗りになって、母の髪をつかみ、何か叫び声を上げていた。

「お母さんを助けなくちゃ。お母さんを守らなくちゃ」

心がそう叫んでいるのに、僕の体は恐怖に竦《すく》み上がり、母を助けるための一歩を踏み出せないまま、その場で震え続けていた。

天井を見つめながら、僕は瞑想を始めてから思い出された記憶の全てを、一つひとつ振り返っていた。

どうやら、瞑想によって呼び起こされる記憶は、浅い傷から蘇ってくるみたいだ。今日思い出した記憶は、一番深い傷なのだろうか？　……もっと残酷な記憶が、深層意識のどこかに閉じ込められているのかもしれない。

そんなことを考えていると、涙がこぼれ落ちてきた。胸一杯になっていた思いが溢れ、涙と一緒に流れ続けている。

いつの間にか、瞑想室には僕一人だけになっていた。窓から差し込む陽の光は弱く、日暮れが近いようだ。天井に吊るされている裸電球を見ていると、また一筋、涙が頬を流れていった。

瞑想室を出ると、通い慣れた石段を下り始めた。眼下に霞むガンジス川が、今日は深い悲しみを湛えているように見える。

あとどのくらい涙を流せば、この苦しみから解放されるのだろう。……ふと漏らした呟きは、山から吹き下ろす風にあっけなく消されていった。

あとどのくらい涙を流せば、この苦しみから救われるのだろう。……僕の心に聞こえてくるのは、ただ淋しげな風の音だけだった。

リシケシを流れるガンジス川の川幅は広く、近くに橋がないため、舟が重要な交通手段になっている。

渡し場には、岸辺の杭にロープで舟が係留されていた。大人十人ほどが乗れる舟には、乗客が僕を含めて五人、他には食料品などの荷物だった。

船頭は岸を離れると、気持ちよさそうに艪《ろ》を漕《こ》ぎながら、インド人の好む噛み煙草を噛んでいる。

対岸には小高い山が連なり、山裾と河岸までの狭い場所に、多くのヒンドゥー寺院、ヨガ道場、巡礼者の宿泊施設、インド料理店、チャイ屋などが軒を並べて建っている。

船着場に着くと僕は舟を降り、ヒンドゥー寺院とチャイ屋の間にある山道を登り始めた。ヨギ——ヨガの真理を悟ったという意味——と呼ばれている年老いたヨガ行者に会うためだ。

ヨギのいる岩の洞窟は、山道のすぐそばにあった。

外界と遮断された空間の中で、修行中の釈迦像を思わせるほど痩せ細った男は、腰巻だけを着け、体中に虫除けの白い粉を塗り、首からは銀製の首飾りを下げて、敷皮の上に座っていた。

洞窟の中には、杖と小さなお椀と毛布が二枚置かれているだけで、荷物はほとんどない。どうやら歩くために使う杖と、托鉢のためのお椀のようだ。

インドでは人生を学生期《がくしょうき》・家住期《かじゅうき》・林住期《りんじゅうき》・遊行期《ゆぎょうき》の四つに分けて捉える考え方がある。学生期でヒンドゥー教の聖典を学び、家住期で結婚し子供を育て終えると、数は少ないが、世俗を離れ、森や人里離れた場所で修行生活を送る者がいる。

ここにいるヨガ行者は、二十年以上前に出家して一人で瞑想修行を続けている。

「ナマステ！」

僕は洞窟の入口の前に立ち、胸の前で合掌すると深くお辞儀した。

「さあ、どうぞ。入って下さい」

ヨギは何も聞かず、中に招き入れてくれた。

ヨギの声は少しかすれている。あまり話す機会がないのだろう。しかし、その言葉の響きには優しさが込められていた。

洞窟の中は狭かったが、天井が高く、外から見るよりは広く感じられた。地面に座ると、大地のひんやりとした冷たさが尻と腰に伝わってくる。

「遠慮せずに聞いて下さい。私で良ければ何でもお答えします」

ヨギは穏やかな笑みを浮かべながら言った。

彼の話す英語はヒンディー訛りがほとんどなく、出家する前にはしっかりとした教育を受け、高い階層にいたことがうかがえた。

内面から威厳と気高さが伝わってくる。僕は少しの間言葉を失っていた。ヨギの持っている雰囲気に圧倒されていたのかもしれない。

「あなたが聞きたいのは瞑想についてですか？」

ヨギは尋ねた。

僕は我に返り、訊ねてみようと決めていた質問をした。

「あなたはなぜ、一人で瞑想をしているのですか？ そして、瞑想を通じて何かを得られましたか？」

ヨギは何も答えず、目を閉じてじっと黙っていた。そして小さく首を前後に振ると、目を開け、一瞬遠くの彼方に視線を向けるようにしてから話し出した。

「私は宇宙の魂ブラフマーと、自己の魂アートマンの一体を目指し、瞑想を続けています」

言葉とともに、全身から気が溢れ出す。

「瞑想をすることで神に近づき、瞑想をすることで神がやってきます」

瞳からも温かいエネルギーが感じられる。

「ただひたすら神を思って、毎日それを行うだけです。サマーディーと呼ばれる、神との一体感による至福の境地をいずれ体験する時がやってくるでしょう。それは見方を変えれば、解脱《げだつ》に至るための第一歩です。瞑想を続けていれば、いつの日にか真の解脱に達し、天国の門を潜って神のもとに帰れる日が来ると信じています」

その言葉には、長い修行の中でつかんだ揺るぎない信念と、神に対する絶対的な信頼があった。

「それから、一人で瞑想修行をしているのは、今世の私の勤めだからです。シバナンダアシュラムの創始者シバナンダは、私と違う役割を神から与えられ、多くの人達に瞑想をする場所と機会を提供しました。人はそれぞれ神から与えられた役目を果たし、人生を生きていくのです。あなたにもきっとそれがあるはずですよ」

ヨギは一旦言葉を切ると、僕の目をじっと見つめて言った。

「シバナンダアシュラムで修行に励みなさい。それが今あなたに与えられた勤めですよ」

「シバナンダアシュラムでヨガを学んでいることを、なぜ、知っているのですか？」

僕が驚いて聞き返すと、ヨギは何も答えず、痩せているが血色の良い頬に静かな笑みを浮かべた。まるで、そんなことは真理の前では何の意味もなさないと言っているように、僕には思えた。

「最後に、私から一つだけアドバイスがあります。……ただひたすら神に祈り、そして瞑想を続けなさい。あなたの抱える悲しみ、苦しみ、痛みなどのネガティブな感情は、神とあなた自身が必ず癒やしてくれますよ」

ヨギは語り終えると目を閉じた。

狭い洞窟全体に溢れていたものが、波が引くようにすーっと消えていく。

僕は洞窟を出ると道を下り、舟の渡し場に向かった。

「Hey! Young boy, もうすぐ出るから乗っていな」

口髭を生やし、下腹が出た四十歳ぐらいの船頭が、僕を覚えていて声をかけてきた。

「誰も来ないのかな？　こんなに暇だと商売にならないね」

僕は舟に乗ると言った。

「あと二ヶ月もすると、舟に乗り切れないほどの巡礼客が来るから、今はこのぐらいでちょうどいいんだ。一年中忙しかったら、体が幾つあってももたないからな」

彼は黙っていると近寄りがたい雰囲気だったが、話をすると人懐こく好奇心が強い、どこにでもいる典型的なインド人の親父だった。風采の上がらない見た目と違って、訛りは強いがかなり流暢《りゅうちょう》な英語を話した。

船頭はそれから十五分くらい客を待っていたが、誰も来ないので、櫓を漕ぎ、対岸に向けて舟を進め始めた。

「乗客が一人だけなんて、ずいぶん豪勢な船旅だね」

「ああ、きっと天空にいらっしゃるシヴァ神が、お前にささやかなプレゼントをくれたのさ」

暦の上では春になったとはいえ、午後の陽ざしは弱く、冷たく乾いた風が川面を吹き抜けていく。

――でも、どうしてなのだろう?――

何も話さなかったのに、ヨギは僕を見ただけでシバナンダアシュラムで修行していることも、トラウマを抱えていることも、全て分かっていたみたいだ。ほんの短い会話だったが、ヨギの存在が僕の胸に強い印象を残した。

舟の揺れに身を任せていると、また新たな思いが心の底から湧きあがってくる。

――ヨギが言うように、この世に神は本当に存在するのだろうか?――

ヨガの訓練を始めたばかりの僕には確信が持てなかった。

——瞑想を続けていれば、僕の抱える苦しみは癒やされるのだろうか?——

その時不意に、父と同じ狂気の血が流れている自分に怯《おび》えていた記憶が蘇ってきた。思春期を迎えた頃から僕の心を蝕《むしば》み始めていたのは、父への憎しみと、強迫観念のように襲ってくるその恐れだった。

船頭は僕の思いなど知らずに、風に吹かれながら櫓を漕いでいた。

舟の縁《へり》に手をかけて顔を上げると、リシケシからインドヒマラヤへ続く道の向こうに、小高い山がうねるように連なっているのが見える。

視界の真ん中には、山に向かってまっすぐ伸びる石段が見える。山の中腹には左から見てヒンドゥー寺院、シバナンダアシュラムのヨガ道場と瞑想室、それに大理石造りのサマーディホールの建物が建っていて、そこだけが神の御手《みて》に守られているように、雲間から差す光を浴びて輝いていた。

——頑張ってみよう。きっと何かが見えてくるだろう——

インドに来て約三ヶ月。ヨガの訓練によって自分の内面と向き合っているが、何も変わってこない。心を変えることが、こんなにも難しいものだとは思ってもみなかった。リシケシに来た頃のことを思い出そうと、自分自身に語りかけていた。

「岸に着いたぞ」

船頭に声をかけられ、意識が現実に引き戻された。

「ありがとう」

僕はお礼を言った。

目の前には、ガートと呼ばれる川で身を清めるための石段があり、広場を歩き回る痩せた白い野良牛がいて、いつもの見慣れた日常の風景がそこには広がっていた。


夕方五時になると僕は部屋を出て、山の中腹にある、パトリシアが借りている一軒家へ向かった。今日はパトリシアが夕食をご馳走してくれる約束になっていた。

道幅の狭い山道を十分ほど登ると、石造りの小さな家が左側に見えてきた。庭にいたジョンは気配で分かったのか、起き上がると僕の方に向かって駆けてきた。

「ジョン、久しぶり。会いたかったよ」

「クゥーン」

彼はいつものように甘えた声で、僕の足にすり寄ってきた。

「ジョンの嬉しそうな鳴き声で、あなたが来たのが分かったわ」

パトリシアは庭に出て、僕を迎えてくれた。

「今夜のディナーは腕によりをかけたわよ。ジョンと恭平という、二人の素敵な男性達と一緒だもの」

彼女の口ぶりから、料理の仕込みはすでに終わっているみたいだ。

遠くにガンジス川が見渡せる庭には、テーブルと四つの椅子がある。テーブルの上には、庭に咲いている花が数輪、花瓶に飾られていた。そして、玉ねぎとにんじん、カリフラワー、それに大きめに切ったジャガイモが入ったシチューと野菜サラダ、鍋で炊いたのだろうか、白いご飯が器に盛られて置かれている。

「すごいご馳走だね」

「どう？　見直した？」

パトリシアは満足そうに微笑んでいる。

「さあ、温かいうちにいただきましょう」

僕達は胸の前で合掌して、スプーンでシチューを口に運んだ。

「……美味い」

僕の口から思わず感嘆の声が漏れた。

テーブルの横に行儀良く座っていたジョンも、目の前に置かれたシチューを食べ始めていた。

牛のミルクから作ったのだろう。薄い塩味だけのシチューは、温かくどこか懐かしい、ホッとする味だった。

「美味しいね。香辛料を使わない料理は久しぶりだよ」

「食事はどうしているの？」

パトリシアがスプーンの手を止めて聞いた。

「毎日インドカレーの定食を食べているよ。いつも同じ食事ばかりなので、たまには違うものを食べたいと思っていたんだ」

「そうなの。なら、今日はたくさん召し上がって。シチューとご飯は、おかわりができるわよ」

僕達はバザールや街での買い物などの話をしながら、ゆっくり時間をかけて食事を楽しんだ。気付けば、いつの間にか日が暮れて、辺りは暗くなっていた。

食事が終わると、パトリシアは使った食器を片付け、チャイを淹れてくれた。彼女特製のチャイは、街のチャイ屋で飲むものより濃厚な味がした。

パトリシアは椅子に座ってゆったりとくつろぎ、優雅にチャイを飲んでいる。その姿はまるで、貴族階級の人間が一流レストランで午後の紅茶を楽しんでいるような風情があった。

イギリス人の心のどこかには、まだ大英帝国の遺産が息づいているのかもしれない。

「聞いてくれる？」

パトリシアはチャイを飲み終えると、両手で持っていたカップを受け皿に置いた。

「前に話したと思うけど、私の家は厳格で家族全員が敬虔《けいけん》なキリスト教徒なの。私ももちろん両親のように、キリスト教が教える神が唯一絶対的な存在と信じてきたわ。それに、自由と民主主義、伝統的な〝イギリスらしさ〟と言われるものの価値観を無条件に信じていたの。それがここインドに来たら、イギリスとは違うことばかりで、何を信じていいのか分からなくなってしまったわ」

パトリシアの溜め息交じりの言葉は、夜の闇に溶け込むように消えていった。

テーブル越しに座っている彼女の顔が、蝋燭の炎に揺れて、心なしか青ざめているように見えた。

「君は何でインドに来たの？」

僕は前から聞こうと思っていたことを尋ねた。

「難しい質問ね」

パトリシアは眉を寄せると、しばらく何かを考えているようだった。

長い沈黙の後、彼女は静かに話し始めた。

「大学を卒業して、イギリスではわりと名の知れた会社で秘書を三年やったわ。ただ、そこでは私を精神的に満たしてくれるものが何もなかったの。仕事にやりがいを見出せず、もっと違う生き方があるのではないかと悩んでいた。今思うと、私は恵まれていたと思う。社会人になるまで、何も悩むことなく生きてこられたのだから……。でも一度、自分の生き方に疑問を感じてしまったら、何かを変えなければという衝動を抑えられなくなってしまったの。……なぜだか分からないけど、その時インドに行きたいという気持ちが、私の心の中に芽生えていたみたい。もしかしたら、両親から独立して、自分の道を歩き始めてみたいという気持ちが、どこかにあったからなのかもしれないわね。それが私を突き動かしたのだと、この頃思う時があるわ」

パトリシアは淡々と語っているが、インドに来るまでには様々な葛藤があったのだろう。話す言葉に、微かな戸惑いのようなものが感じられた。

「インドに行こうと決めてから、インド関係の本をたくさん読んだわ。宗教や歴史、それに食べ物や人々の暮らしなど。そして、イギリスがこの国を統治していた植民地時代の本も。それで、インドに来て確信できたことが一つだけあるの。それは、私達イギリス人がインドに対して、どれほどひどいことをしたかということ」

パトリシアは一瞬、言葉にするのを躊躇うかのように目を伏せた。ゆっくり視線を上げると、前よりも強い口調でまた話し始めた。

「信じたくなかったけど、この国の貧しさの原因のほとんどが、イギリスの植民地政策によってもたらされたものだったのよ……。その事実が私を苦しめるの。インドの初代首相だったJ・ネルーが、インド独立運動で捕らわれて獄中で書き上げた『インドの発見』に記されていた通りだったわ。誇り高いインド人は、私に対して表面的には何事もなかったように振る舞っているけど、彼らは決して心を開いて私の友人になろうとはしてくれない。ここでは、私はいつまで経っても孤独から逃れることができないの」

パトリシアは今までの思いを吐き出すと、テーブルの上で揺れる小さな蝋燭の炎を見つめていた。

「失礼」

彼女は沈黙を破るかのように小さな声で言うと、飲み終えたティーカップと受け皿を持って家の中に入っていった。

しばらくすると、インドに来て初めて嗅ぐ匂いがしてきた。

パトリシアは椅子に座ると、小首を傾げ、青い美しい瞳で僕の目の前に置いたコーヒーを勧めてくれた。

「私、たまにコーヒーを飲んでいるのよ。紅茶ばかりだと、イギリスにいるのと一緒でしょ」

彼女は自分の抱える悩みを語ったからだろうか、いつもの明るい雰囲気を取り戻していた。

それまで雲に隠れていた月が現れ、地上に青白い光を投げかけている。

僕達の横を一陣の風が吹き抜けていった。パトリシアは髪をかき上げ、見えない風を目で追った。

「恭平、私からも聞いていいかしら？　……あなたはなぜ、インドに来たの？」

「うん……。なぜって……」

僕はその質問に答えることができなかった。今まで誰にも打ち明けたことがない悩みを、どう伝えたらいいのか分からなかった。いや、それ以上に、自分の弱さをさらけ出すのが怖かった。

自然とうなだれていたようだ。なかなか顔を上げない僕を見守るように待っていてくれたパトリシアは、静かに立ち上がると、左側の椅子に座り、僕の手に、そっと自分の手を重ねてきた。

どのくらいの時間そうしていただろうか……。彼女から伝わる優しい温もりが、僕の頑なな心を溶かし、自然と言葉がこぼれてきた。

「僕の育った家庭は父が酒乱で、子供の頃から父の暴力に怯えながら生きてきた。ある日、恐ろしい夢を見たんだ。僕はその夢の中で、ナイフを握りしめて父を睨みつけていた。母は泣き叫び、僕を止めようとしたけど、その手を振り払い、父の心臓を、憎しみを込めて何度も突き刺していた」

心臓が鋭いナイフで刺されたような痛みを感じる。

「信じられないけど、僕はその血の付いたナイフを舐めて、満足そうに薄笑いを浮かべていたんだ。その時初めて気付かされたよ。父の暴力によって生み出された悪魔のような破壊衝動が自分の心の中にもあることを。そんな時、イタリア人のトーマスという人が、ここシバナンダアシュラムでヨガ修行をした手記を雑誌で見つけたんだ。彼はその中で、幼児期に受けた心の傷が、ヨガの瞑想で癒やされると語っていた。僕はそれで、リシケシに行こうと決めたんだ。自分自身の心を見つめ直すために」

僕は語り終えると、闇に沈んでいるガンジス川に視線を向けた。

「どうしたの？」

急に押し黙った僕を心配するように、パトリシアはまた僕の手に優しく手を添えてくれた。

その時不意に、父が母に暴力を振るう場面が脳裏に蘇ってきた。

裸電球に灯された薄暗い六畳の部屋。何ヶ所か破れかけた襖。すすけた臭い。何もできず、怯えた目で呆然《ぼうぜん》と立ち竦む自分が目の前にいた。

「あれは小学校高学年の時だった」

その言葉を口にした時、また思い出したくない記憶が鮮明に蘇ってくる。僕はそれに負けないように、拳を強く握りしめていた。

「その日、父はいつも以上に荒れていて、母は肋骨を何本も折る大怪我をしたんだ、もちろん父の暴力によって……」

僕達が座っているテーブルを包む空間だけ、闇が深まってきたように感じられる。

「僕はその時、母の泣き叫ぶ声を隣の部屋で聞いていたんだ。それでも母を助けるための一歩を踏み出せず、その場で震え続けていた……。僕を一番苦しめているのは、母を守れなかった卑怯な自分自身なんだ！」

涙が出そうだった。歯を食いしばった。パトリシアにこれ以上、惨めな姿を見せられないと思った。

それでも堪え切れずに、鼻の奥がジーンと熱くなり、涙がこぼれ落ちてきた。それは、幼い時に決して他人の前では泣かないと誓ってから、初めて人前で流す涙だった。

「だめだなー。こんなことで泣くなんて」

僕は涙を手で拭った。

「いいえ、そんなことないわ。恭平は泣き虫でも卑怯者でもないわ。だって、あなたが抱える心の問題に立ち向かうために、ここに来てるんですもの」

パトシリアの目にも涙が滲んでいた。

「……ありがとう」

僕はそう言うのが、精一杯だった。

僕達はそれから何も話さず、二人でただそこに座っていた。ジョンが時折起き上がり、パトリシアと僕がいるのを確認すると、安心したようにまた寝転んだ。

「もうこんなに、遅くなってしまったのね」

パトリシアは、腕時計で時間を確認した。

「今日はありがとう、悩みを聞いてくれて」

「いいえ、私こそ楽しい時間が過ごせたわ」

僕達は狭い山道を下っていった。パトリシアは僕の少し前を歩き、懐中電灯で道を照らしてくれた。

山道がもうすぐ終わる手前でパトリシアは歩みを緩めると、僕と肩を並べ、少し甘えるようにして腕を絡めてきた。彼女の抱えている淋しさが、思いが、甘酸っぱい体臭とともに伝わってきた。

四章 —— 別れ

春とはいえ晴れた日のインドの陽ざしは強い。そんなある日のことだった。

一人の男性が、上流の方から河原を歩いてきた。暑いくらいの陽の光を浴びたその男性は、顔色が悪そうに見えた。彼は僕からそう離れていない所で立ち止まると、突然ガンジス川に向かって大声を上げて泣き出した。その場で崩れるようにうずくまり、両手で顔を覆い、肩を震わせ、嗚咽を上げている。

ガンジス川で沐浴《もくよく》している人達や、ガートの上段で昼寝をしていた家族連れも、何事が起きたかと、興味深げにその男性に視線を向けている。

――どうしたのだろう。彼に何があったのだろう――

日本人のように見えたのでとても気になったが、他人の泣く姿を見ているのは失礼にあたるような気がした。

河原に仰向けになると、ショルダーバッグを枕にして目を瞑る。広場の人々のざわめきや、ガートで沐浴をしている人達があげる水しぶきの音が、遠く近く切れ切れに聞こえてくる。

僕はいつの間にか眠っていた。

いつ来たのだろう。ジョンが僕の頬をペロペロと舐めていた。

起き上がると、彼を抱き寄せた。

「ジョン、今日は君だけかな？　話し相手になってあげようか？」

ジョンは僕の提案に、尾っぽを目一杯振って喜びを表している。

「あの……、日本の方ですか……？」

おずおずと弱々しい声で、誰かが日本語で声をかけてきた。声の方に顔を向けると、そこに立っていたのは、ガンジス川のほとりで泣いていた男性だった。

「ここにお座りになりませんか？」

男性は黙って頷くと、ジョンの横に座り、ガンジス川に視線を向けた。時折僕を見て話しかけようとしていたが、口を開くことはなかった。

僕はジョンの背中をなでながら、男性の気持ちが落ち着くのを待とうと思った。ジョンは知らない人がそばにいるのに、珍しく警戒心を出さなかった。きっと、いつもと違う何かを感じているのだろう。

熱かった陽ざしが少し緩んだように感じた頃、目を閉じて、俯き加減で何かをじっと考えていた男性は、顔を上げ、静かに話し始めた。

「私は事業に失敗して、土地や家はもちろん、家族も含めて全てを失いました。生きることに絶望して、死のうと思っていました」

僕は男性の話を邪魔しないように、目の前に広がる景色だけを見るようにしていた。

「ただ恥ずかしいことに、なかなか踏ん切りがつかず、夜の街を彷徨っていたような気がします」

淡々と語る男性の言葉が、胸に迫ってくる。

「最後の決断を少し先延ばしにしたかったのでしょう。ふと気付いたら、カルカッタ行きの飛行機に乗っていました。何をどうやって、どんな手続きをして、インドに来たのか、なぜここにいるのか自分でも分かりません。何であんな行動をしたのでしょうね。……きっと、人生に終止符を打つ前に、何かの思い出を残したかったのかもしれません」

男性はそこで言葉を切ると、しばらく何かに思いを巡らせているようだった。

彼は一瞬どこか遠くに視線を向けると、また話し出した。

「ここは本当に不思議な所ですね。インド各地をあてもなく旅していると、リシケシの素晴らしさをたくさんの人から聞きました。どんな所かと思って来てみたんです。……思いっ切り泣いたからでしょうか。……心がとても軽くなりました。さっきまであんなに苦しんでいたのが嘘のようです」

僕は隣の男性にそっと目を向けた。そこには先ほどまでの打ちひしがれた姿はなく、穏やかな安らぎを感じさせる横顔があった。

リシケシはガンジス川流域にある他の聖地に比べ、特に母性的なエネルギーが強い場所と言われている。

僕はシバナンダがサットサンガで語ったと伝わる、言葉を思い出していた。

〝あなたがもし生きることに疲れ、心が悲鳴を上げているなら、ここリシケシに来てガンジス川の川辺でただ座りなさい。ガンジスに吹く風はあなたの傷ついた心を癒やし、軽やかにしてくれる。神を心から信じる者にとって、この地は生きる活力と、希望を与えてくれるだろう〟

ガンジス川は静かに流れている。陽の光が川面に反射して、キラキラと輝いていた。

「そこの広場にある店で、チャイでも飲みませんか？　行きつけの店があるんです」

僕はそう言って、立ち上がった。

「ご一緒してもいいんですか？」

「もちろんです」

男性は僕の後ろを遅れがちについてきた。時折忘れ物を探すかのように、ガンジス川に視線を向けている。彼は店まであと少しというところで足を止めると、後ろを振り向き、ガンジス川に向かって深く一礼し、その場に立ち尽くしていた。その姿には近寄りがたいものがあった。

男性の心を捉《とら》えているのは、過去への思いなのか、それとも命を救ってくれたガンジス川への感謝の気持ちなのだろうか。

僕は先に行くことにした。

マドラスカフェの前まで来た僕は、男性を待ちながらジョンに話しかけた。

「ジョン、ビスケットとヨーグルトをご馳走してあげるよ」

ジョンは僕の誘いに何も応えなかった。

「そうか、帰るんだね。パトリシアによろしく伝えてくれ」

彼は「ワン」と一声上げると、道を駆けて行った。

マドラスカフェには珍しく客が誰もいなかった。店の主人はカウンターの上に両腕をのせて、ぼんやりと外の様子を見ていた。

「ナマステ、シガール。ドウチャイ」

僕は遅れてきた男性と一緒に椅子に座ると、水を運んで来たシガールにチャイを注文した。

男性はチャイが運ばれてくる間、物珍しそうに店内を見回していた。僕はなんとなく、彼はこういう庶民的な店に入るのは初めてなのではないかと思った。

シガールがチャイを運んできた。男性はテーブルの上に置かれたチャイの匂いを深く吸い込むと、両手でカップを包み込むように持ち、ゆっくりと、味わうように飲み始めた。

「チャイって美味しいですね」

男性は初めて笑顔を見せた。

彼は半分ほど飲んだカップを受け皿に置くと、壁に貼ってあるシヴァ神のポスターに視線を向けた。そこには過去に繋がる扉でも見えているのだろうか……。それとも、破壊と再生を司る神に自らの運命を託そうとでもしているのだろうか……。

ポスターをじっと見つめている男性の頬を、ひとすじの涙が流れていった。

時折ガンジス川の対岸から川面を渡ってくる風が、マドラスカフェの店内にも流れ込んできている。

シガールを見ると、彼は神妙な顔をして、奥のカウンターの前で僕達を見ていた。いつもはそばまで来ていろいろと話しかけてくるが、今日はそこから動こうとしなかった。

「生きてて良かった。……生きてて本当に良かった」

男性は我に返ったようにテーブルに視線を戻すと、腹の底から絞り出すように言った。

僕にはその言葉が、死の淵から生還した者の心からの安堵の声に聞こえた。彼にとって死は、それほど身近なものとして存在していたのだ。そして死神が彼から離れた瞬間に、死に対する恐怖と、生きている実感が胸に湧きあがってきたのだろう。

男性は高ぶった感情を落ち着かせるように、頭を下げたまま両手の拳を握りしめている。その拳に涙がしたたり落ちていた。

ひとしきり泣いて顔を上げた彼は、ハンカチで涙を拭き、どこか吹っ切れたような笑顔で言った。

「泣いてばかりで恥ずかしいですね」

僕は慌てて首を横に振った。

「マサラドーサという食べ物を知っていますか?」

落ち着きを取り戻した男性に聞いた。

「それはどんなものですか?」

「ジャガイモと玉ねぎを香辛料で炒めて、クレープのような皮で包んであるんです」

「そうですか。それ食べてみたいですね。……よろしいですか?」

遠慮がちに男性は言った。

「もちろんです。結構美味しいですよ」

奥の厨房の前に立っているシガールに、チャイのおかわりとマサラドーサを注文した。

店の主人はマサラドーサ作りには手馴れている。三分もかからず、シガールがチャイとマサラドーサをのせたトレイを、小さな両手で抱え込むようにして運んできた。

「香辛料が効いていて、本当に美味しいですね」

男性は一口食べると、手を止めて、何かを思い出すような表情をした。

「私は今回が人生最後の旅になると思い、ホテルと呼ばれるところにしか泊まらず、庶民的な店にはあまり行かなかったのですが、こんな美味しいチャイと食べ物を出す店があるなんて、本当に驚きです。でも、どちらにしても、ここ数ヶ月は何を食べても味など分かりませんでした」

「マサラドーサはインドの軽食みたいなものなので、ホテルにあるレストランなどにはないかもしれませんね。僕は毎日街の食堂でインドのカレー定食を食べていますが、それに付いているチャパティーも、よく噛んで食べると素朴な味わいがありますよ」

男性は残っていたチャイと一緒にマサラドーサを食べ終えると、姿勢を正した。

「さっきから私の身の上話ばかりして、申し遅れてしまいました。私は東京から来た中村慎一郎です」

彼は深々と頭を下げて挨拶をした。僕は年上の男性から丁寧な挨拶をされて少し戸惑いながらも、簡単な自己紹介をした。

「あなたは今、リシケシに来て四ヶ月と言いましたが、どこかのヨガアシュラムにでも行っているのですか？」

「シバナンダアシュラムという所でヨガを学んでいます。日本ではあまり知られていませんが、欧米ではかなり有名なヨガ道場なんですよ」

「そうですか。……羨ましいですね。私も若い頃からいろいろな経験をしていたら……、人間としての幅を広げることができていたら……。会社の倒産は仕方なかったのかもしれませんが、家族までも失う結果にはならなかったのかもしれません」

僕は深く頷いた。

「倒産した後、妻から言われました。……あなたは仕事以外の一切に興味を持たずに生きてきたのよ。自分が苦しくなった時だけ家族の絆が大切なんて、自分勝手な言い分ね、と。あの時は本当に辛かったな。まさか妻からそんな言葉を言われるなんて、夢にも思っていませんでした」

それまで淡々と話していた慎一郎の横顔に、一瞬苦悩の色が走った。

「私はその言葉で完全に打ちのめされてしまいました。インドをあてもなく彷徨っている間も、その言葉が重い十字架となって両肩にのしかかっていました。確かに、私は家族を大切にしていなかったのでしょう。子供の誕生日さえ気にしたことはなかったですから……。妻が言ったことは事実ですから、何も言い返せませんでしたが、一生懸命仕事をすることが家族のためになると信じていました。それを理解してもらえなかったことが心残りです」

彼の目尻に刻まれた皺《しわ》に、深い失望と後悔の念が表れていた。

「Hey!! ジャパニ、元気か?」

乗合馬車の御者《ぎょしゃ》ラジューは店に入ってくると、僕達の会話を遮《さえぎ》るように、いつもより大きな声で話しかけてきた。

「ラジュー、外国人旅行者から高い代金を取ってばかりいると、そのうち神様の罰を受けてしまうよ」

傍若無人な態度で会話を中断させられたので、隣のテーブルに座ったラジューに嫌味を込めて言った。

「俺がいつそんなことをした!」

ラジューは今にもつかみかかりそうなほどの剣幕で僕を睨みつけた。

「この前、そこの広場まで乗ってきたイタリア人女性に、十ルピーというあり得ない値段を請求していただろう」

「フン。金持ちのヨーロッパ人が貧しいインド人に施しをしたと思えば、安いものさ。それに恭平、お前が横からしゃしゃり出て邪魔をしたから、せっかくの儲けを逃したじゃないか」

「当たり前だよ。僕だって最初の頃は君に騙されて、五十パイサの料金のところを、三ルピーも支払わされていたんだよ。その差額を今でも返してもらいたいぐらいだ」

ラジューは旗色が悪くなったのを察したのか、そっぽを向いてビディを燻らせ始めた。

「ずいぶんしたたかなインド人ですね」

慎一郎はラジューを気にして小声で言った。

ラジューは仕事がら英語を話すが、ヒンディー訛りが強いので、慣れないと聞き取ることが難しい。

「話の内容分かりました？」

「おもしろかったですよ。心の中で日本人頑張れと応援していました」

「そうですか。でもとても彼らには敵いそうにないですね。インド人にはずいぶん痛い思いをさせられました」

ラジューはチャイを飲み終えると、悪びれた様子も見せず、ちらりとこちらを向いて、

「ジャパニ、またな」

と言って、店を出ていった。

僕達はそれから、二時間ほどマドラスカフェにいて、慎一郎の泊まっているホテルの近くまで歩いてきた。

彼は立ち止まると、僕の顔をじっと見つめ、深々と頭を下げた。

「今日のことは一生忘れません。ガンジス川に、今まで背負ってきた苦しみを取り去ってもらったような気がします。そしてあなたにはどれほど感謝してもしきれません」

慎一郎の目には涙が光っていた。彼の胸の中をいろいろな思いが去来しているのだろう。

「会社の倒産と家族を失ったことは、きっと神様が私に与えた試練だったのです。それが今、実感としてよく分かります……。思い返せば今まで一度も挫折したことがなくて、社会や他人に対して傲慢さがあったのでしょう。聖なるガンジス川に助けられた命を大切に、日本に帰ったら、謙虚な気持ちでもう一度やり直してみるつもりです」

慎一郎の頬を、涙が一筋流れていった。彼は唇をぎゅっと噛みしめ、込み上げるものに耐えていた。

「ありがとう、あなたのことは忘れません」

慎一郎は精一杯の言葉を残し、宿に向かって歩き出した。その後ろ姿には、男として、人間としての強い決意と、覚悟のようなものが感じられた。

僕はただ彼の姿をじっと見つめていた。いつの間にか、辺りには夕闇が忍び寄り、ガンジス川からの冷たい風が吹き始めていた。

僕の苦しみはいつになったら克服できるのだろうか……？

慎一郎の誇らしげな後ろ姿に重なるように、その思いが脳裏に浮かび上がってくる。

毎日瞑想で自分自身の内面と向き合っているが、何も変わってこない。

今も不意に襲ってくる、荒々しい感情に苦しんでいた。

それはきっと、僕の心に渦巻いているドロドロとした感情が、出口を求めて溢れ出しているからだろう。

僕は急に負け犬になったような気がして、奥歯を噛みしめていた。

宿に着くと、夜空には無数の宝石が輝いていた。


僕達三人は、バスで三時間ほどの距離にあるデラドゥンの街に来ていた。

信号が一つもないメインストリートを、野菜を載せた荷車を押す人や、人力の乗合自転車、道を横切る人達が行き交っている。彼らを威嚇するように、小型自動車やオートバイ、リキシャが、クラクションを鳴らし続けて走っている。

混沌とした喧騒の中で、多くの人が生きるために汗とエネルギーを発散していた。

道路に面して、雑貨や衣料品、貴金属を扱う店が軒を連ねている。その他にも映画館、インド料理店、街頭のジュース売り、歩道にもテーブルを並べているチャイ屋などがあり、どの店にも人が群がり活況を呈していた。

その一角に、店名が英語とヒンディー語で書かれた大きな看板を掲げている、チャイニーズレストランがあった。

回転扉を押して店に入ると、中はひんやりとするほどクーラーが効いていた。天井や壁、テーブルには、マホガニーなどの木の素材が使われていて、床にはアラベスク文様のペルシャ絨毯が敷かれている。

全体的に英国人が好むような重厚でシックな造りになっている。きっと英国統治時代に建てられたものだろう。

黒のダブルのスーツに蝶ネクタイをした支配人は、恭《うやうや》しく頭を下げて僕達を出迎えると、品の良い微笑みを浮かべ、席に案内するために奥に向かって歩き出した。

吾郎と秀樹は、店の高級な雰囲気など全く気にする様子もなく、支配人の後に従っている。二人の後ろを歩きながら、何とも言えない気恥かしさを感じていた。なぜなら今日の僕の服装は、この店に相応しいとは思えない綿シャツと、ジーンズにサンダル履きだったからだ。

僕は席に着くと、「二人とも気にならないの？」と聞いた。

「何が？」

吾郎は不思議そうな顔をして尋ねた。

「僕達だけだよ。こんなサンダル履きは」

「No Problem!」

二人が同時に笑いながら言った。

「僕達はインド人じゃないから、問題ないよ」

秀樹は落ち着いた表情で、「それより、今日は何を食べようか？」と言って、テーブルの上に置かれている英語で書かれたメニューを開いた。

「秀さん、これって酢豚かな？」

僕は単語の組み合わせから連想して尋ねた。秀樹は笑って頷いた。

「今日は絶対餃子を食べるぞ！」

と、吾郎は少し気負ったように言った。彼の言葉の響きから、チャイニーズレストランで食事ができる喜びが伝わってくる。

僕達はメニューを見ながら何を注文するかで盛り上がったが、結局選んだのは、五目中華そば、水餃子、海老と野菜の炒め物、それにインドビールのキングフィッシャーという至極オーソドックスなものだった。

菜食主義者の秀樹だが、今日は吾郎の送別会を兼ねた会食なので、飲酒はもちろん、豚肉の入った水餃子も食べるみたいだ。僕もそうすることにした。

痩せて背が高く、口髭を生やした店のボーイは、トレイを左手に高く掲げて僕達のテーブルに来ると、少し気取った仕草でビールとグラスを置いた。

瓶には冷えたビールの証のように水滴がついていた。そんなビールを見るのは久しぶりだった。僕達はお互いのグラスにビールを注ぎ、乾杯をした。

「あー、なんて冷たいビールは美味いんだ！」

吾郎は一気に飲み干した。

「毎日飲めたら幸せだろうなぁ」

と、彼はしみじみと言った。

インドでは宗教上の理由から、外で飲酒をする習慣はない。例外として、外国人旅行者は、ホテルのレストランなどでアルコール度数の低いビールを飲むことが許されている。しかし、インド全体のスコッチウィスキーの生産量や、輸入ビールの量から推測すると、インド人も家で密かに飲酒をする人はかなりいるようだ。もちろんリシケシは聖地のため、冷えたビールを飲ませる店は一軒もなかった。

「もっと飲みなよ」

僕は向かい側に座っている吾郎のグラスにビールを注いだ。

「今日は僕達の奢《おご》りだから、予算なんか気にすることないよ」

秀樹は、三人の中では一番慎ましい生活《くらし》をしている吾郎を気遣った。

三日後、吾郎はインドヒマラヤの聖地バドリナートにあるヒンドゥー寺院に行く。彼はその寺に住み込み、寺の高僧でヴィーナ・マハラジという名のヨギから、シタール演奏の教えを受けることになっている。

「秀さんも来月には日本に帰るんだね。リシケシにいる日本人は僕だけになるのか……。淋しくなるなぁ」

インドに来て初めて飲んだビールが、感傷的な気持ちにさせていた。

「君にはパトリシアがいるじゃないか」

秀樹がすました顔で言った。僕が黙っていると、

「恭平も真面目な顔して隅に置けないな」

吾郎は箸を止めると、僕に視線を向けて、ニヤリと笑った。

「僕達はとても仲の良い兄妹みたいな関係なんだ。君が想像してるような仲じゃないよ」

「秀さん、恭平はそんなに純情じゃないと思うよ」

吾郎は僕の言葉に反論した。

「以前、部屋に遊びにきたキャシーが言ってたけど、恭平は白人の女の子にかなりモテるみたいなんだ」

「そ、そんなことはないよ」

飲んでいたビールに、思わずむせそうになった。

「君はなんて浮気者なんだ！」

秀樹が僕を横目で見た。体が熱くなった。耳まで赤いことは鏡を見なくても分かった。その姿がおかしかったのか、彼は笑いながらさらに僕をからかった。

「そう言えば、リチャードも君に興味があると言っていたなぁ」

秀樹は自分の言葉に納得するように腕を組むと、何度か頷いた。

「すごいな、恭平は。女性も男性も両方いけるんだね、まるで人道主義者の見本みたいだ」

吾郎が場を盛り上げるように大袈裟に囃し立てた。

二人はどうやら僕を困らせる劇を演じると決めたみたいだ。

「お許し下さい」

二人の意図を汲みとって、僕はテーブルに手をついて深々と頭を下げた。

「恭平、浮気をしないとシヴァ神に誓えますか」

秀樹は一瞬目を光らせて僕を見ると、法廷の裁判官のような口ぶりで言った。

「お誓い申し上げます」

僕は下げていた頭をゆっくり上げ、二人を交互に見つめて厳《おごそ》かな口調で言った。

「ハハハ！」「ハハハ！」

僕達は同時に笑い出した。

いつもは物静かな秀樹も腹を抱えて笑っている。吾郎もおかしそうに笑っている。そんな二人を見ていると、僕は幸せな気持ちになっていた。

「三人でこんなに楽しい時間を過ごせるのは、今日で最後だね」

笑いがおさまると、吾郎がどこか淋しげに言った。

異国の地で出会った僕達三人は、それぞれ自分の道を歩み出そうとしていた。それが分かっているからだろうか、お互い口には出さないが相手のことを思いやっていた。

周りに目をやると、レジの横に立っている支配人が、すました顔で僕達のやり取りを見ていた。目が合うと微笑みを返してくれた。隣のテーブルに座っている品の良い二人の男性も、優雅な手つきで食事を楽しみながら、時折親近感のあるまなざしを僕達に向けている。

店の支配人だけでなく、高い教育を受けた知的なインド人は日本人に対してとても好意的だ。ハルプリート・シンやイシャンとの何気ない会話にもそれは感じられた。第二次世界大戦で長くインドを支配したイギリスと戦い、敗戦後、急速な経済発展をしている日本に対して、彼らは尊敬の気持ちを持っているようだ。

「リシケシにはいつ戻るの？」

インドに来て初めての中華料理を食べ終え、食後のチャイを飲みながら吾郎に尋ねた。

「冬の間は雪で道路が閉ざされるから、その前の十一月かな。リシケシに一旦戻るけど、翌年の四月にもう一度行くかもしれない」

吾郎は、先ほどまでとは別人のように真面目な顔で答えた。

「すごいな吾郎は、そこまでするなんて。僕には君の演奏はかなりのレベルに聞こえるけど」

「とんでもない！　僕の演奏なんて子供の遊びみたいなものだよ」

吾郎は一瞬、何かを思い浮かべたように目を細めた。

「去年、初めてマハラジの演奏を聴いたけど、心と体と魂がどこかに吹き飛ばされそうなほどの衝撃を受けたんだ。あれこそが、何百年、何千年という長い歴史の中で、多くの求道者達が目指したインド音楽の神髄なんだと思う。神との一体感みたいなものを感じたよ」

僕達は黙って吾郎の話に耳を傾けていた。

「それからバドリナートのヒンドゥー寺院にいるマハラジに、弟子入り志願の手紙を送り続けたら、今回ようやくお許しが出たんだ。僕はこのチャンスを生かすために、シタールの修行はもちろん、お寺の雑用など何でもやるつもりだよ」

吾郎は、自分の決意を確認するように固く唇を結んだ。

「吾郎が行くヒンドゥー寺院は、確か、とても高い所にあるんじゃなかった？」

「そうだね。確か本に標高三一三三メートルと書いてあったよ。そこは、聖なる山、ニールカントの麓《ふもと》で、ヒンドゥー寺院を中心に、数百軒が立ち並ぶ石造りの家と巡礼宿、何軒かのインド料理店とチャイ屋があって、小さな村になっているみたいなんだ。ヒンドゥー教の聖地だから、十年前まで外国人は入ることができなかったらしいよ。それより僕の気がかりは、毎年バスの転落事故や落石で多くの怪我人や死人が出ることなんだ。聞いた話によると、道が途中からあまり整備されていなくて、切り立った崖にへばり付くような細い道を、バスの運転手は信じられない速さで走るみたいなんだ」

「インド人らしいな。彼らは運転に関してはどこかイカれているからね。僕も何度か怖い思いをしたから、吾郎の心配はよく分かるよ」

「そうだろ。僕はインドで二度も交通事故に遭ったんだよ。一度なんか、もう少しで大怪我をするところだったんだから」

「大丈夫だ。君は無事にバドリナートに行くことができる」

それまで僕達の会話を黙って聞いていた秀樹が、珍しく断定的な物言いをした。

「秀さん、ほんと？」

吾郎の顔つきが変わった。

「問題ないよ」

秀樹は相手を安心させるように大きく頷いた。

「あー、良かった。勘のいい秀さんが言うなら、無事にリシケシに戻ってこられそうだね。正直言うと、それだけが心配だったんだ」

吾郎が安堵の表情を浮かべた。

リシケシから北に広がる一帯は数千年前からウッタラーカンドと呼ばれていて、バドリナートをはじめ、ヤムナトリー、ガンゴートリー、ケダルナート、といったヒンドゥー教の聖地がヒマラヤの峰々に点在している。

毎年数十万の人々が、「神々のすみか」であり、天界に通じる場所でもあるヒマラヤを目指して巡礼の旅をする。険しい山道を行く危険を伴う旅だが、信仰の力はどんな苦難や恐怖にも打ち勝つのだろう。

デラドゥンからの帰りのバスは、珍しく乗客が疎《まば》らだった。吾郎は飲み疲れたのか、窓に体を傾けて熟睡している。秀樹は腕を組み、目を瞑っている。

僕は暗くなった窓の外を眺めていた。

これから、僕はどこに行くのだろう……？

窓の外を流れ去るインドの大地をじっと見つめていると、どこか見知らぬ世界に体ごと連れ去られそうな怖さを感じる。得体の知れない不安感から逃れるように、椅子の背もたれに体を預け目を閉じた。

ほんの少しだけ眠っていたみたいだ。目を開けると、さして明るくない車内灯の光が窓に反射していた。隣の席に座っている秀樹も、前の席にいる吾郎も、軽い寝息を立てて眠っている。彼らはどんな夢を見ているのだろうか。

僕だけが一人、インドの深い闇の中に取り残されたように感じた。

僕達はヨガレッスンが終わると、いつも行くマドラスカフェに腰を落ち着けた。朝の八時を過ぎたばかりなのに、気温はもう三十度を超えている。暑さを避けるためかガートでは、すでにかなりの人が沐浴をしていた。

「秀さん。断食して、無言の行《ぎょう》をしている東大生に会ったことがある？」

「対岸のアシュラムでヨガを学んでいる日本人だね。チャイ屋で何回か会って、筆談したことがあるよ」

僕は本名を名乗らずに、自分は東大生と言っている男の姿を思い浮かべていた。その男性は上背がかなりあり、一八五センチぐらいはあるだろう。頭はいつ会っても綺麗に剃られていた。上下洗いざらしのインドの民族衣装を着て、青白い顔で杖をつきながらヨロヨロと歩く姿は、どこかユーモラスであり物悲しくもあった。秀樹も彼の容姿を思い浮かべているらしく、口元を緩めている。

「なぜ、あんな馬鹿げたことを信じているんだろう……」

東大生に挨拶され、筆談した時のことを思い出していた。

「仙人になる話？」

秀樹は僕が何を話そうとしているのかをすぐに理解した。

「彼は天地の気を体内に取り込んで、食べ物を一切口にせず、水だけで生きられると本気で信じているみたいなんだ」

「今日本で、インドやヨガの神秘性だけを取り上げた本が幾つも出版されていて、それに惹かれてインドにやってくる人がかなりいる。彼の通っているヨーロッパで有名なヨガアシュラムでも、ヨガを極めると空中に浮かぶことができるというのが、生徒を集めるための謳い文句らしいけど……。何のことはない、以前見学に行ったら、信じられないことに何人かの白人が、弾力のあるマットの上に足を組んだままの状態でジャンプしていたんだ。今でもあの光景は瞼に焼き付いて離れないよ」

秀樹は呆れ返ったというよりも、悲しそうな目をしていた。

「東大生と筆談して一番理解できなかったのは、無言の行をして、断食に近い食生活をしているのに、神秘的な奇跡体験に夢中で、ヨガで最も大切な呼吸法や瞑想をあまりやっていないみたいなんだ。せっかく精神世界に興味があってインドに来たのに、もったいないよ」

僕は素朴な疑問を口にした。

「彼が借りている部屋に行ったことがあるけど、英語で書かれたヨガや瞑想の分厚い本がたくさんあって驚いたよ。東大生だけあって、原書を読みこなすのだろうね。知識としては、分かっているつもりでいるんだよ。それとあまり詳しく話さなかったけど、彼は優秀な父親や兄弟のことで悩んでいるみたいだった。本人は自覚していないが、もしかしたら、彼らに負けないための何かを、ヨガの神秘的な能力を得ることによって、埋め合わせようとしているのかもしれないね」

「でももったいないな」

僕はもう一度、同じ言葉を言った。

「そうだね。それより彼の健康状態が一番気がかりだ。あと一ヶ月もしないうちに、気温が四十度以上になる日がやってくるから、今のままでは体調を崩して、病気になってしまうよ」

マドラスカフェはいつの間にか、インド各地から来た巡礼の人達でいっぱいになっていた。ガンジス川から吹いてくる風は熱気を帯びている。

秀樹は暑さが気にならないのか、チャイを飲みながら、涼やかな顔をして話を続けた。

「そう言えば、南インドにある教団の指導者といわれるグルは、念力で火をおこせると自慢しているらしいけど、僕には信じられないね。仮にそれが本当のことだとしても、それに一体どんな意味があるのだろう？　もしもこの世に神様がいるとしたら、自己顕示欲を満たすだけの行為は望んでいないような気がするよ。それと、シバナンダが言われたように、潜在能力の開発や超能力に心を奪われていると、心と体のバランスを失って取り返しのつかないことになってしまう恐れがあるのに、なぜそれに気付かないのだろう」

僕にも一度だけ、ヨガの訓練中に身の危険を感じる体験があった。それは、リシケシに来て二ヶ月くらい経った時だった。


あの日僕は、いつものように瞑想室に向かう石段を上っていた。

冬の太陽はもうすぐ対岸の山陰に消えようとしている。日中は春の陽気を思わせる暖かさだったが、ヒマラヤから吹き下りてくる風は、今が短い冬であることを告げていた。

日没が近いからだろう、暗くなりかけた瞑想室には誰もいなかった。部屋の入口にある灯りのスイッチを押すと、天井に吊るされた裸電球が室内を照らし、淡いオレンジ色の空間が広がっていく。昼の間に焚かれた香の残り香が微かに漂っていた。

僕は誰もいない部屋の中央に座ると、スクハプールバカプラーナヤーマと呼ばれる陰陽の呼吸法を始めた。右の鼻腔を右手の親指で押さえ、ゆっくり四秒かけて左の鼻だけで息を吸う。次に薬指と小指で左の鼻もふさぎ十六秒間息を止める。その後右の鼻からゆっくり八秒かけて息を吐き出していく。一連の呼吸をしながら、右の鼻から陽の太陽エネルギー、左の鼻から陰である月のエネルギーが入り、体の細部から全体に広がって満たされていくとイメージする。

呼吸法によって心と体全体を清浄な気で満たすと、結跏趺坐し、ジャパヨガと呼ばれる瞑想に入っていった。ジャパヨガは、マントラと呼ばれる聖なる言葉を唱えながら、神聖な波動の中に自分自身を溶け込ませていく瞑想法である。

その代表的な言葉は「オーム」である。「ａｕｍ」はインド哲学では「ａ－創造」「ｕ－維持」「ｍ－破壊」を表していると考えられていて、生命の誕生から死までを表し、宇宙に存在している全ての音を一つに纏めると、聖なる言葉「ａｕｍ」になるという。

インドの聖典では、「オーム」について次のように伝えられている。

――クリシュナやパタンジャリをはじめとする何人もの聖者は、瞑想中にその聖なる音オームを聞き、神がこの宇宙を創造したことを悟られた――と。

宇宙創生の始まりとされるビッグバン。その時、光とともに鳴り響いた音は、創造と破壊、そして再生による、壮大な宇宙の輪廻の物語の始まりを告げる「ａｕｍ」の響きであったのかもしれない。

瞑想を終えると、ヨガ道場の仲間から教えてもらったクンダリーニ覚醒という訓練を始めた。その訓練法は、ムラダーラチャクラにあるとされているクンダリーニのエネルギーで、七つのチャクラに宿るカルマを焼き尽くす方法である。

訓練を終え、手足を伸ばして床の上に仰向けになる。数日前から続いている体の異変が、今日は比較にならないほど強くなっていた。体全体が溶鉱炉の前に立たされているように熱を帯び、心臓が早鐘を打っている。仙骨にあると言われているムラダーラチャクラから、熱い何かが脊髄に沿って背中を駆け上がってくる。今まで経験したことがない体の変調に、僕はどうしていいか分からなかった……。

その時、誰かが耳元で囁いた。

「一刻も早くガンジス川に行って、聖なる水で心と体を清めなさい。このままの状態が続くと危険だ！」

僕はその声に急かされるように瞑想室を出ると、暗くなった石段を下り、ガンジス川に向かった。

体の異変は相変わらず続いている。心臓は悲鳴を上げ、マグマのような熱い何かが体中を駆け巡っていた。

ガートに着くと急いで上着だけを脱ぎ、夜の静けさに包まれた石段を進む。水位が腰の高さにくる辺りで止まると、両手で水をすくい、頭からかける。次にインド人がやるように、膝を曲げ、体全体を川の中に沈めた。

それは劇的な変化だった。ガンジス川を流れる聖なる水は、命の危険を伴うエネルギーの目覚めを一瞬のうちに鎮める効果があった。すっと心臓の鼓動が静まり、体中を駆け巡っていたものは消え去っていた。

石段を上り、ガートの上段に戻る。冬の川に浸かっていたせいで体がすっかり冷えきっている。寒さに震えながら、ショルダーバッグから取り出したタオルで体を拭き、服を着た。

僕はいつの間にかここに来た目的を忘れて、違う方向を目指していたのかもしれない。父に対する憎しみ、自分に対する劣等感と無力感、僕は向き合わなければならない一番大事なことから、目を背けていたのかもしれない。きっと心のどこかで、自分以外の何者かになりたかったのだろう。

後で知ったのだが、クンダリーニ覚醒の訓練によって心と体のバランスを崩し、廃人になったり命を落とした人は少なくないという。

〝明日から初心に戻って、自分の内面と向き合ってみよう〟

その言葉を自分自身に言い聞かせると、ガートを後にした。


「恭平、どうかした？」

秀樹が心配そうに僕を見ていた。

過去を彷徨っていた意識が、現実に引き戻された。僕は軽い目眩《めまい》を覚えた。

マドラスカフェは相変わらず肌に絡み付くような熱気に支配されている。気休めのように天井から吊るされた大型の扇風機が、ゆっくりと三枚の羽根を回していた。


鋭く刺すような太陽の光が、インド亜大陸の大地に降り注いでいる。

インド各地からやってきた人たちは、ガンジス川のガートで腰や胸まで水に浸かり、熱心に神に祈りを捧げている。

僕達はガートの上段に座り、それらを眺めていた。いつもと変わらない光景が今日は少し眩しく感じられた。

「秀さん、リシケシも今日で最後だね」

「そう……だね」

長い夢から覚めて現実に引き戻されたように、秀樹は小さな溜め息をもらした。

「秀さんにとって、インドはどんなところだった？」

「毎日が驚きの連続で新鮮だった。気障《きざ》に聞こえるかもしれないが、後から自分の人生を振り返って、青春時代はいつ？　と他人に聞かれたら、僕は迷わずここリシケシで生活した日々と答えるだろうね」

秀樹の言葉には実感が込められていた。

「もちろん想像を絶する暑さや、死ぬほど痒《かゆ》い南京虫の攻撃には毎晩悩まされたし、水のような便が何週間も続く下痢も経験したけど、今振り返ってみると、それらも含めてインドそのものを体験できた充実感がある。特にリシケシは、心を豊かにしてくれる何かがある所だった」

秀樹は過ぎ去った日々を懐かしんでいるように見えた。

「日本を発つ時には将来の進路を決めかねていたけど、リシケシに来て自分の進むべき道が見えてきたような気がする。僕は青森市内にある禅宗のお寺のご住職に師事して、高校時代から禅を学んでいた。大学の仏教学部に進んだのも、その住職の勧めに従ったからなんだ。以前は日本に戻ったら就職するか、それとも僧侶になるべきか悩んだ時期があったけど、今はすっかり迷いがなくなったよ」

秀樹は自分の夢を語ろうとしていた。僕は川の流れを眺めながら、彼の言葉を待っていた。

「恭平は福岡正信という人を知っている？」

僕は首を振った。

「インドに来る少し前に、その人の書いた『「自然農法」わら一本の革命』という本を読んで、とても感銘を受けたんだ」

いつもは物静かに話す秀樹だが、今日は違っていた。話す言葉に力が込められていた。

「福岡正信さんは横浜税関の植物検査課に勤めながら稲の改良に携わっていたけど、農薬を使わない独自の自然農法を試すために職を辞し、郷里である四国の山里に戻り、たった一人でそれを実践している。彼はその著書で、現在の日本の農薬漬けの農業に警鐘を鳴らし、自然の摂理に沿った農法を提唱しているんだ。僕の実家は林檎農家で、その傍らで米作りもしているから、今の農業が過剰に農薬を使っていることは父から何度も聞かされていたよ。農業だけで生計を立てるためには、仕方ない部分もあるみたいだ。林檎農家が今のように安定した収入を得られるようになったのは、農薬のおかげと言っても過言ではないからね。ただ僕は、地球環境の破壊に繋がる農薬に頼った農業ではなく、福岡正信さんが言っているような循環型の自然農法が、これからの日本の農業の正しい道のような気がしているんだ」

秀樹はその本によほど感銘を受けた様子だった。

「いろいろ悩んだけど、自然農法をやることに決めたんだ。それがここシバナンダアシュラムで、ヨガ修行をさせていただいた僕なりの結論だよ。もちろん、とても困難な道だと思うけど、シバナンダの教え〝Be good Do good〟——良き人になれ、良き行いをせよ——の教えを守り、人のために、社会のためになる農業を、生涯かけてやり遂げるつもりだ」

秀樹は自分の夢を語り終えると、眩しそうに空を見上げ、「恭平、少し沐浴しようよ」と言って、石段から立ち上がった。

インドヒマラヤの雪解け水は、肌を刺すようだ。火照った体がみるみる冷えてくる。

「まだガンジス川の水は冷たいね」

僕達は五分ほど沐浴して身を清めると、石段に戻って座った。

「そうだね。でも、とても気持ちよかったよ」

秀樹は川風に吹かれ、気持ちよさそうにしている。

「秀さん、リシケシの素晴らしさって何だと思う?」

僕は前から聞こうと思っていたことを尋ねた。

秀樹は僕の問いかけには何も答えず、視線をじっとガンジス川に向けている。

「インド各地を旅した人と話すと、皆が口を揃えてリシケシを褒めるけど、ここの魅力は美しい自然と聖なるガンジス川だけではないように僕には思えるんだ」

秀樹の見つめる視線の先に目を向けた。彼は相変わらずガンジス川に顔を向けたままだった。どこか遠くに思いを馳せているようにも見えた。

しばらく思索に耽っているように見えた秀樹は、座っている位置をずらし、僕に顔を向けると静かに話し出した。

「なぜなのかは誰にも分からないけど、リシケシは他の聖地より、人を癒やすエネルギーが特に強い場所みたいだね。だからインド国内はもちろん、世界中から多くの人達が、何かに導かれるようにやってくるのだろう。僕も自分の生き方に悩んでリシケシにやってきたけど、今まで苦しんでいたことが、ちっぽけなものに思えるようになったんだ。きっと、ここの大地が持っている何かに癒やされたのだろうね。

それと、ヒマラヤから降りてくる神の霊気のようなものを何度か感じたことがあったけど、今思うとあれは、神が宿ると言われている聖なる山、ニールカントの光のエネルギーそのものだったのかもしれない。その時、何かとても大きな存在に抱かれ、無条件に愛されているようで、涙が止まらなかったよ」

秀樹はその時のことを思い出しているのか、胸に詰まるものがあるようだった。

「インドに来て一番の収穫は、この世界が、神あるいは人智をはるかに超えた大きな存在としての何かによって、創造されたと確信できたことなんだ。日本にいた時は頭や理屈で考えていたことが、ここでは心で何かを感じ、直感が真理へと導いてくれる。僕はリシケシに来られたことに心から感謝しているんだ」

秀樹の横顔には、探し求めていたものを得られた静かな喜びがあった。

「恭平……これから話すことは誰にも言わないと約束してくれる？」

秀樹は今までとは違って少し砕けた口調になった。

「はい」

僕は頷いた。

「シバナンダアシュラムで本格的にヨガ修行を始めたら、ムラダーラチャクラが活性したのか、性欲が猛烈に強くなって、毎晩悶々とした日々が続いたんだ。まるでそれは中学時代の思春期に戻ったような感じだった。そんなことで悩むなんて夢にも思わなかったよ」

秀樹は話し終えると、少し照れたように右手で髪をかき上げた。

「でも、なぜだろう？　ヨガの訓練のカリキュラムでは、そんな風にはならないはずなんだ。それに寮の食事は、修行の妨げになる性欲を抑えるような献立になっている。僕だけが異常なのかな?」

彼はさも不思議そうに何度も首を振った。

「秀さん……、僕はその反対で、インドに来てから性欲が全く起きないんだ。ちょっと心配になって一度だけ自分で処理したら、なんの問題もなくて一安心したよ」

秀樹は僕を見ると、いきなり笑い出した。僕もおかしくなって腹の底から笑った。

「ありがとう、恭平に出会えて本当に良かったよ」

秀樹は立ち上がると、握手を求めてきた。

「お礼を言うのは僕の方だよ。秀さんの存在はとても心強かったんだ」

僕は彼の手を強く握り返した。

秀樹の横顔には一つの旅を終えた充実感があった。

頭上を見上げると、相変わらず肌を突き刺すほどの強い光が、地上に降り注いでいた。


朝の陽を浴びた五両編成の列車は、始発のせいか珍しくほぼ定刻通りに発車した。

車窓で手を振っていた秀樹は、爽《さわ》やかな笑顔を残して旅立っていった。

まだ朝七時だというのに地上を照らす陽ざしは強く、今日一日の暑さを暗示していた。リシケシに来た頃は日本の晩秋を思わせる気候だったが、今では日中の気温が三五度を超える日が続いている。

街は巡礼シーズンを迎えて活気づいていた。小型タクシーとリキシャは、駅やバスターミナルやホテルなどと、ヒンドゥー寺院や舟着き場を行き来し、土埃を上げながらかなりのスピードで走り回っている。

乗合馬車トンガの御者ラジューは、車への対抗心からか、馬の尻に鞭を当て、「チョロ、チョロ。行け！　行け！」と、大きな声で馬を怒鳴《どな》りつけている。

パトリシアと僕は駅で秀樹を見送ると、食堂で軽い朝食を済ませ、街のメインストリートを歩いていた。しばらくすると、道の前方に人だかりができていた。

「恭平、あそこを見て。路上の写真館みたいよ」

そこでは、口髭を生やした背の高い痩身の男性が写真を撮っていた。

写真師は気取った仕草で、三脚の上に載せられている木箱型の写真機のレンズを覗き、シャッタースピードと絞りを合わせている。写真機の前で椅子に座っているインド人男性は、すました顔でポーズを決めていた。

近寄って見ていると、撮影を終えた写真師が話しかけてきた。

「Hello! 記念に一枚どうだい」

「自分のカメラを持っているからいいよ」

「ホー!」

撮影を見ていた周りの人達から、羨望の声が上がった。

「二人で十ルピーにまけとくよ」

写真師はいいカモを見つけたと思ったのか、相場とかなりかけ離れた値段をふっかけてきた。

「十ルピー? 冗談じゃない! さっきのお客さんと一桁違うじゃないか。そんなことを言うと、シヴァ神に舌を抜かれてしまうよ」

「分かったよ。俺が悪かった。一カット三ルピーにするから頼むよ」

写真師は僕に近寄ると、哀れみを誘うように弱々しく言った。

いつものことだが、商売におけるインド人の変わり身の早さとしたたかさには感心してしまう。

「恭平、記念に撮ってもらわない?」

僕達のやり取りを横で聞いていたパトリシアが小首を傾げて言った。

「うん、……そうしようか？」

僕はそう答えた。

「さー、早くこの椅子に二人で座って」

写真師は僕の気が変わるのが心配なのか、手早く椅子を二つ並べた。

彼は撮影を終えると、何の気まぐれ心からか、同じ値段でいいからと言って、僕達一人ずつの写真も撮ってくれた。

「一週間ぐらいしたら取りにおいで。今の時間だと大体はここにいるから」

写真師は僕から受け取った一ルピー札三枚を、ズボンのポケットに無造作に突っ込んだ。

インドでは、ほとんどのことを路上で間に合わすことができる。バザールで扱っている新鮮な野菜や果物、香辛料、手軽に食べられる屋台の店、サトウキビやマンゴーのジュース売り、理髪店に歯医者、アクセサリー店、それにコブラ使いや猿回しの大道芸まで、至れり尽くせりの豪華さだ。それらと、インド人の持つ底知れないエネルギー、人口の多さなどが混じり合い、猥雑で上品ではないが、どこかホッとするインド特有の魅力の一つになっている。

僕達はそこからマドラスカフェに向かった。

ガートや舟着場は巡礼客でごった返していた。どの人の顔も、憧れのガンジス川で沐浴できる喜びに溢れている。

「チャイを飲む前に沐浴しようか？」

「そうね。歩いてきたら結構汗をかいたわ」

パトリシアは僕の提案に同意した。

ガートの上段に二人のショルダーバッグを置くと、沐浴している人の邪魔にならないように石段を進んだ。足元を流れる水が、肌を刺すように冷たく感じられる。

インド各地から巡礼に訪れた人達は、ガンジス川の水で口をすすいだり、両手ですくった水を頭からかけたり、それぞれが、思い思いの仕方で、憧れのガンジス川で身を清めていた。

「私は沐浴するのは初めてなの。あんなに水が冷たいなんて知らなかったわ。五分ぐらいしか入っていなかったのに体が凍えそう」

パトリシアは川から上がると、僕の横に座って、両手で体を抱えて寒そうにしている。

「リシケシはインドヒマラヤの源流に近いから、今の時期は山の雪解け水が流れているんだよ。ここで長い時間沐浴できるのは、もう少し経ってからじゃないかな？」

彼女は頷きながら、水に濡れた髪を両手でかき上げた。

「恭平どうしたの？　さっきから険しい顔をして」

「えっ？　そうかな、……いつもと同じだよ」

「そんなことはないわ、何か心配なことでもあるの？」

パトリシアは、僕の横顔をじっと見つめている。

「水に濡れた君が、いつもより魅力的に見えただけだよ」

僕は彼女の視線に耐えられず、思わず本音を口にした。さっきから、心臓が大きな音で鳴っている。それは隣に座っている彼女に聞こえてしまうほどだった。

「今頃私の魅力に気付いたの？　恭平はどこか鈍いわね」

パトリシアはいつものように、すました顔で僕をからかった。


パトリシアと別れると、シバナンダアシュラムの瞑想室に向かった。見上げると、二百三十段の石段がどこまでも続いている。

僕の脳裏にはさっき見た彼女の姿が焼き付いていた。

「一体、どうしたいのだろう？」

僕は自問自答していた。パトリシアとの関係をどうするか、答えを出す時期が来ているのかもしれない。結論を延ばすと、取り返しのつかないことになりそうな気がしていた。

これまで一度も苦にならなかった石段が、今日はやけに長く感じられた。

庭に咲いている沙羅双樹《さらそうじゅ》の淡い黄色の花が、西陽を受けて輝いている。

太陽はもうすぐ対岸の山陰に姿を消そうとしていた。

「私……イギリスに帰ることにしたわ」

パトリシアは、庭のテーブルでチャイを飲みながら、いつもと変わらない口ぶりで言った。

でも、心の中では葛藤があるのだろう、カップを持つ指先が小さく震えている。

「いつ？」

なんとなく予感めいたものがあったが、それはどこか現実感の伴わないものに思われた。

「来週の火曜日よ。航空券も買ってあるわ」

パトリシアは素っ気なく言ったが、いつもは血管が透けて見えるほど白い肌が、血の気を失ったように青ざめていた。

「ずいぶん、急なんだね」

「……」

パトリシアはその言葉に答えず、テーブルの上に置かれた蝋燭の炎をじっと見つめている。

辺りを照らす月の光が、彼女の横顔に影を落としていた。

「ずいぶん悩んだのよ。気付いていたと思うけど、私はあなたを愛していたわ。でもあなたは向き合おうともしてくれなかった。……私はずっと待っていたのに」

彼女は今まで抑えていた感情を吐き出すような強い口調で言った。

「信じてもらえないかもしれないけど、僕も君を愛しているよ。……でもなぜか、ある一線を越えることに躊躇いがあったんだ。僕自身、なぜそう思ったのか分からないけど」

「分からない？　……私には分かっているわ。あなたは自分自身を探す旅をしているのよ。だから、自分しか見ようとしていないわ。もし私と深い関係になったら、重荷を背負うことになると思っているのよ。それが怖いんじゃない？　……きっと心のどこかで恐れているんだわ」

パトリシアは僕にではなく、自分自身に語っているのだろう。言葉には、別れを決断するまでの苦悩が感じられた。

「あなたは真面目で不器用な人だから、二つのことを同時に背負うことができないタイプなのよ……。それが恭平らしいのだけれど、今の私にはとても耐えられそうにないわ！　私はあなたの友人ではなく、恋人になりたかったの。そして、人生を一緒に歩んでいきたいと思っていたわ。そのことをもっと真剣に考えてくれたなら、別の選択肢もあったのに……」

彼女に言葉に出して言われるまで、僕は自分の気持ちが本当には分かっていなかった。

――なぜあの時部屋に泊まらなかったのだろう？――

三日前、ここに来た時のことを思い出していた。その時パトリシアは、控えめな仕草で最後の決断を促していた。でも、僕は気付かないふりをした。彼女が言うように、受け止める覚悟がなかったのだ。

「そうだね、僕は自分のことで精一杯だった。君の気持ちを考えようともしなかった……」

僕は唇を噛みしめた。

「でも、もういいの。私達はきっと結ばれない運命だったのよ」

パトリシアは今日一度も僕と目を合わそうとしない。ただ黙ってそばに座っているジョンの背中をなでていた。彼はいつもそうされると甘えた声を上げるか、仰向けになって腹を見せるのだが、今はただじっとされるがままにしていた。

テーブルの向こう側に座るパトリシアの存在がとても遠くに感じられる。たった数メートルしか離れていないのに、彼女の心は僕の手が届かない彼方に去っていってしまったのだろう。

心を閉ざしたパトリシアにかける言葉は何もなかった。

僕はテーブルの上に置かれた懐中電灯を手に持つと、椅子から立ち上がった。

パトリシアは視線を一瞬僕に向けると、すぐにテーブルに戻して目を閉じた。

この場を立ち去ろうと歩き出した時、彼女が声をかけてきた。

「恭平……、二つだけお願いがあるの」

僕は振り返った。

「ジョンのことだけど、たまには様子を見てあげてほしいの。そして餌もね。彼をイギリスに連れてはいけないから、また野良犬に戻ってしまうでしょう。恭平ならジョンも懐いているから安心だわ。きっと野良犬だった時のように、ガートのそばの広場にいるはずよ」

「約束するよ。もう一つは?」

「今日だけ……。ずっと私のそばにいて」

蝋燭の炎に照らされたパトリシアの瞳が、束の間揺らいだ後、僕をまっすぐに見つめた。

僕の心臓がドクン、ドクンと鳴った。


パトリシアの乗った列車がゆっくりと走り出した。彼女は窓側の席に座って、どこか吹っ切れた笑顔で手を振っていた。想像とは違ってあっけない別れだった。

パトリシアは自分の覚悟を伝えるために、イギリスの住所を知らせずに去っていった。

駅を出てしばらく歩くと、急に体から全ての力が失われ、何かの抜け殻になってしまったような感覚に襲われた。

リシケシの街は、今日も灼熱地獄の刑と罰を受けているような暑さだった。頬を濡らしているのが汗なのか、それとも涙なのか、……今は何も考えられなかった。


「恭平いる？」

ドアの外から誰かが声をかけてきた。ちょうどシャワー室で汗を流して部屋に戻ってきたところで、時刻は夜の九時を過ぎていた。

「ドアは開いてるよ、中に入って」

そっと半分ほどドアが開いた。そこに立っていたのは、二週間前からイギリス人のジョージと一緒にスイスコテージの一階にいた、洋子という日本人女性だった。二人は確か、数日前にこの宿を出て、ハリドワールに行ったような気がする。

「そんな所に立ってないで、中に入って座りなよ」

遠慮がちに部屋に入ってきた洋子は、背負っていたバックパックを下ろすと、椅子に座って大きな溜め息をついた。

「ジョージと一緒じゃないの？」

僕の言葉に、洋子は黙って俯いた。

庭に面した窓を開ける。外の空気は昼とは違う香りを放っていた。イシャン自慢のイギリス風の庭に植えられている木や花々からの贈り物だ。その中には、パトリシアが好きだった薔薇の花の香りも含まれていた。

裸電球の灯りに誘われた虫が入ってこないようにすぐに窓を閉め、ベッドの端に腰かけると、彼女と目を合わせないように壁の方を見ていた。昼間の余熱をたっぷり残した八畳ほどの狭い部屋は、人が一人増えた分だけ暑く感じられた。

洋子はうなだれていた首を上げると、ゆっくりと話し出した。

「昨日、ハリドワールでジョージと別れたの。彼はイギリスに帰っていったわ。私は朝一番のバスでリシケシに戻ってきて、ガンジス川の岸辺でただ川を眺めていたの。なぜか無性に、ガンジスの風に吹かれてみたかったから。……ふと気付いたら辺りがすっかり暗くなっていて、何軒かの宿を当たったけど、どこも満室で断られてしまったの」

彼女は重いバックパックを背負って途方に暮れていたのだろう。疲れで顔には生気がなかった。

「あの暑さの中、ずっと外にいたの？」

椅子に座っている洋子はコクリと頷いた。

「とりあえずシャワーを浴びてきなよ。このところの暑さで水はあまり冷たくないけど、汗を流すとさっぱりするよ。暗くてシャワー室の電気のスイッチが分かりにくいから、案内しようか？」

「……？」

洋子は首を傾げ、少し困ったような表情をした。

「あっ、そうか！　君はこの宿にしばらくいたんだね。すっかり忘れていたよ。この暑さで、僕はどうかしてしまったのかもしれないね」

彼女は僕の言葉に少しだけ微笑んだ。

洋子はそれから三十分以上経って、やっとシャワー室から戻ってきた。来た時とは別人のように、顔には二十代の女性の張りが戻っていた。

「君はベッドを使って。僕は床に寝袋を敷いて寝るから」

僕はバックパックの底にある寝袋を取り出し床に敷くと、その上に胡坐をかいた。

「ありがとう。でも下で寝るとサソリに刺されないかしら？　ジョージが誰かに聞いたみたいで、夜寝る時はいつも心配していたわ」

「イギリスの男はもっと図太いと思っていたけど、ずいぶん神経質なんだね。僕は大丈夫だよ」

「ええ、ジョージはとても繊細でナイーブだったわ」

洋子は彼とのことを思い出したのだろう。表情を曇らせた。

「でも、本当に大丈夫かしら？　私も隣の部屋のオランダ人から、去年このスイスコテージで、サソリに刺されて一人亡くなったと聞いたわ」

「確かに昨年、この宿の泊まり客が一人刺されたらしいけど、死んでなんかいないよ。イシャンに聞いた話だけど、この辺のサソリはあまり毒が強くないので、刺された所が一～二週間腫れるだけらしいよ。ただ、たまに強い毒性のある大型のサソリがいるらしいけどね」

僕は洋子に嘘をついた。リシケシに生息するサソリは、それほど大きくはないがかなりの毒を持っているらしい。何年かに一度は、サソリに刺されて亡くなる人がいるみたいだ。

「そう？　それなら安心ね。遠慮なくこのベッドを使わせてもらうわ」

洋子は恥ずかしそうに微笑むと、Tシャツと短パン姿のままベッドに横になった。僕は灯りを消し、寝袋の上に仰向けになると、バスタオルを枕にして目を瞑った。

部屋は昼間の余熱が残っていて、暑さですぐには寝付けなかった。ようやく眠りにつけそうになった時、洋子が声をかけてきた。

「恭平、起きてる？」

「……」

「こっちのベッドに来てくれない？　今夜はとても一人で眠れそうにないわ」

「……」

返事をしないで黙っていると、彼女のすすり泣く声が聞こえてきた。

込み上げてくるものを必死に堪えているのだろう。小さな肩と縮こまった背中が震えているように感じられる。

洋子の泣き声が、パトリシアの救いを求める声に聞こえ、愛おしさを覚えた僕はベッドに移ることにした。

「ありがとう」

洋子はベッドに移った僕の方へ顔を向けると、小さな声で言った。二人の間には、人一人分の距離があった。

「恭平、もっと私のそばに来てくれない？」

その言葉に誘われるように体を動かし、洋子との距離を縮めた。人の肌の温もりに安心したのか、彼女は甘えるように僕の胸に顔を埋めてきた。

さっきから自分の意思とは関係なく、異性の甘い香りに反応して、己の分身が硬くしこっている。パトリシアを失った心の隙間を埋めるように、僕の体の中で強い欲望が渦巻いていた。

「暑くて眠れそうにないから、少し離れるね」

息苦しさを覚えた僕は、自分の気持ちを誤魔化して洋子から離れると、仰向けになって天井を見つめていた。本当はこのまま抱き寄せてしまいたい衝動があったが、どうしても、パトリシアの面影を振り払うことができなかった。

月の淡い光が窓から差し込んでいる。洋子は身を縮めて丸くなっていた。そして、しばらくすると、規則正しい寝息が聞こえてきた。僕はリシケシから去っていったパトリシアのことを考えていた。


「もう起きるの？　外はまだ暗いみたいだけど」

隣にいた洋子が眠そうな声で言った。

「少し早いけど、これからヨガレッスンに行ってくるよ。戻ってくるのは九時ぐらいになるから、君はそれまでゆっくり寝てな」

僕は部屋を出て階段を下りると、一階にある共同便所で用を済ませた。庭の水飲み場で歯を磨き、顔を洗うと、シャツに着替え、シバナンダアシュラムに向かう。

太陽はまだ山陰に隠れているが、東の空は幾層もの赤とオレンジ色から、明るい青色に変わり始めていた。日中は毎日四十度近くの暑さが続いている。夜明けの一番涼しい時間なのに、ガンジス川から吹いてくる風は生温い。そしてその風は雨季が近いためか、湿気がかなり含まれていて、肌にまとわり付くように感じられる。

「ナマステ」

ウィットラムに挨拶をすると、いつもの場所に座った。冬の季節には三十人前後の生徒が来ていたが、今では五〜六人に減っていた。長期旅行者やインドに長く滞在している白人は、暑さから逃れるように、避暑地として有名なスリナガールや隣国ネパールに行くらしい。耐え難い暑さが続くこの時期に、リシケシでヨガレッスンを受けている者はよほどの変わり者なのだろう。

ヨガレッスンを終えると、マドラスカフェには寄らず、宿に向かった。

階段を上がり部屋の前に立つと、ポケットから鍵を取り出して鍵穴に差し込む。出かける時にかけたはずのドアが開いていた。

部屋に入ると、中はガランとしていて誰もいなかった。

椅子の上には日本から持ってきたと思われる、りんどうの優しい模様が入った白い封筒が置かれていた。中には同じ模様の便箋に、美しく丁寧な文字が綴《つづ》られていた。

「恭平、昨夜はありがとう。あなたがそばにいてくれたおかげでぐっすり眠れました。イギリスで知り合ったジョージとは、ドーバー海峡を渡って、鉄道とバスを乗り継ぎ、インドまで旅をしてきましたが、もうずいぶん前から別れる予感がありました。これを機に一度日本に帰ろうと思っています。あなたに会うと甘えてしまいそうなので、このまま朝一番の列車でデリーに行きます」

便箋には強い筆圧で、洋子の想いが認《したた》められている。

「旅は私にとって、何だったのでしょうか……。それをずっと考えていました。いろいろな言葉が浮かんできますが、どれも違うような気がしています。ただ、これだけは知ることができました。旅することだけが目的の旅は、長く続けると、心と体が病んでくるのだということを。人生って皮肉なものですね。あんなに憧れた異国の旅で、こんな結末を迎えるとは思ってもみませんでした。でも、楽しいことや嬉しいこと、貴重な体験もたくさんしました。イスラエルの農業共同体キブツでの農作業と、世界中から理想を求めて集まってきた若者達と語り合った日々は、特に忘れられない思い出になりました。たった三ヶ月の共同体での生活でしたが、彼らも私と同じように悩みながら、何かを求めて、自分なりの生き方を探し求めていました。バスを乗り継ぐ旅も、いろいろな苦難やハプニングがありましたが、ヨーロッパとアジアを繋ぐボスポラス海峡から見た夕日の美しさは、一生私の胸に刻まれるでしょう。他にも心に残る思い出を作ることができました。この頃、私には安定した生活の方が向いているのだと思い始めています。私の青春の旅は、終わりの時が来たのでしょう。最後になりますが、ヨガ修行頑張って下さい。何かに夢中になれる男性は素敵ですよ」

「そうか、帰ったんだ……」

読み終わった便箋を封筒に戻すと、呟いた。

「日本に帰れる洋子は羨ましいな……」

インドに来てから初めて芽生えた感情だ。毎日が無我夢中で、日本のことを思い出すことはなかったが、張り詰めていた気持ちにほころびが出始めているのかもしれない。シバナンダアシュラムでヨガ修行を始めた頃の熱い思いは、いつの間にか薄らいできているのだろう。

僕はその感情を否定するように首を振ると、部屋を出てシャワー室に向かった。ドアを開けて中に入り、着ている服を脱ぎ、バルブをひねる。最初は生温かった水も、しばらくするといくらかマシになってきた。

――今日は何回シャワーの水を浴びれば、この暑さに耐えることができるのだろうか？――

火照《ほて》った体を冷やしながら、そんなことを考えていた。

胸の奥にそっとしまっていた大事な宝物をなくしてしまったような喪失感は、洋子が去っていった感傷なのか、それともパトリシアへの思いなのか。ポッカリと空いた心の隙間を埋めるように、シャワーを浴び続けた。

部屋に戻ると、僕は上半身裸のまま、ベッドの上で手足を伸ばして仰向けになった。

このところの暑さで、どこかに逃げ出したのだろう。いつもむき出しのコンクリートの天井にへばり付いているヤモリはいなかった。

部屋の中は、肌にべっとりと絡み付くような、ある種の重さを伴った熱気に包まれている。すぐに全身から汗が噴き出してきた。

起き上がり、タオルで汗を拭くとシャツを着て、この頃日課にしている沐浴をするために、ガンジス川のガートに行くことにした。外国人旅行者やシバナンダアシュラムの白人の生徒はほとんどしないが、僕はそれをすることによって何かが変わり、この苦しみから救われるのではないかというわずかな望みを持っていた。

陽炎が燃え立つように揺らめいている。行き交う人も、道端の木陰でうずくまっている野良犬も、灼熱の炎にあえいでいた。ヒマラヤとデカン高原の間に閉じ込められた熱気は、濃密な大気の幕を作り、大地を覆い尽くしていた。

歩いているだけで目眩《めまい》がしそうなほどの暑さに耐えながら、宿からガートまで四十分以上かけて歩いてきた。幅五十メートルくらいのガートでは、多くの巡礼者が暑さから逃れるように水に浸かり、神に祈りを捧げている。

石段を下り腰まで水に浸かると、いつものようにガンジス川に合掌して、緩い流れの中に膝を曲げて身を沈めた。

数ヶ月前に比べると水の冷たさはそれほどではないが、火照った体には心地よく感じられる。三十分ぐらい沐浴して心と体を清めると、川から上がった。

太陽の熱で温められた石の感触が心地よい。着ている服がみるみる乾いていく。

夜明け前のほんの一刻《いっとき》とシャワーと沐浴した後だけが、正常な思考を取り戻せる時間だ。僕は川風に吹かれながら、日本に帰っていった洋子のことを考えていた。その中には先ほど芽生えた感情も含まれていた。

少し唖然として空を見上げた。天空を支配する者は、自分の存在を誇示するように光り輝いていた。禍々《まがまが》しいほどの陽の光が僕の心を突き刺した。ヒリヒリする喉の渇きは、暑さのためだけではないだろう。

僕はひとりぼっちだった。

五章 ―― 挫折と希望

僕は一羽の鷹になって大空を飛んでいた。眼下にはガンジス川が流れ、ガートでは多くの人達が沐浴をしていた。ガンジス川は青というより、深い緑色に見える。その色は上流に行くにつれ、青が混ざった青緑に、やがて空の青を映したコバルトブルーへと変わっていく。

深く切れ込んだ谷から吹き上がる上昇気流が、翼に安定した風を送り、楽に飛び続けられた。〝もっと高く〟と念じると、自由を得た翼は、流れる雲の上を羽ばたいていた。前方には、雲海の上に連なるインドヒマラヤの峰々が続いている。僕は自然の創り出した美しさに魅せられていた。

体が炎に炙られたように熱い。

ぬめぬめとした、肌に絡み付くような不快感。夢の中で大空を飛んでいた意識が一気に現実に引き戻された。

ベッドにうずくまるように寝ている僕は、全身が汗で濡れていた。腕時計を見ると、夜明けが近い時刻だった。

全身がだるく重たく感じられる。ふらつきながら起き上がり、ベッドを降りて壁の灯りのスイッチを押す。バックパックの中から体温計を取り出してベッドに戻り、脇の下に挟み込んだ。

体温を測りながら、いつの間にか眠っていたみたいだ。脇から外れた体温計を見ると、四十度一分を指していた。今まで経験したことがない高熱に、心のどこかでショックを受けたのかもしれない。部屋の灯りを消すこともできず、不安感から逃れるように、胎児のように両手で膝を抱え込み、体を丸めた。次の瞬間、奈落の底に沈み込むように意識が遠のいていった。

どのくらい眠ったのだろう。外から差し込む陽の光の強さからすると、とうに昼を過ぎているみたいだ。窓を閉めている部屋の温度は、五十度を超えているだろう。着ている服とベッドは、汗でぐっしょりになっていた。

体温を測ると、熱は少しだけ下がり、目盛は三十九度八分を示している。

気力を振り絞って起き上がると、よろめきながら一階にある共同便所で用を足し、庭にある水飲み場で大量に水を飲み、部屋に戻り、ベッドに倒れ込んだ。

インドに来てからの出来事が切れ切れに蘇ってくる。オールドデリーでの物乞いの声。初めて経験した悪性の下痢。吾郎の部屋で吸ったガンジャの匂い。石段に座ってガンジス川を見ていたパトリシアの理知的な横顔。対岸の洞窟に住むヨギの慈愛に満ちたまなざし。……混沌とした意識の中を彷徨いながら、いつの間にか眠っていた。

「大丈夫？」

イシャンがベッドの横に立っていて、心配そうに声をかけてきた。

「今、何時？」

僕は薄目を開けると、ベッドに横になったまま聞いた。

「夕方の五時だよ。それより、昼間、かなり調子が悪いように見えたけど気分はどう？」

イシャンはいつもの陽気な声ではなく、自分の息子を気遣うような気配があった。

「トイレに行く前に体温を測ったら、四十度近く熱があったよ」

僕はそれだけ言うのがやっとだった。

「何も心配することはないよ。多分外国人旅行者が罹る病気の一種だ。よく効く薬を持ってきたから、それを飲んでしばらく様子を見ることにしよう」

イシャンは僕を安心させるように、柔らかな笑みを浮かべながら言った。

「後でバナナを持ってきてあげるから、食欲がなくても食べなくてはだめだよ。バナナはとても栄養があるから何日かはそれで十分だろう。それと、水がめを持ってきたから、脱水症状にならないように水をたくさん飲みなさい。一週間ぐらいで必ず良くなるよ」

僕は朦朧としながら、イシャンの話を聞いていた。彼の言葉に安心したのか、薬を飲むとすぐに眠りに落ちていった。

翌日目覚めて体温を測ると、三十八度三分まで熱は下がっていた。ズキズキとする頭痛は治っていたが、喉の痛みと熱で食欲がなく、バナナを半分ほど胃におさめるのが精一杯だった。イシャンの忠告に従って、水がめの水をコップで何杯も飲み、死ぬほど苦い薬も飲んだ。気化熱で冷えた水は甘く、体に吸い込まれるように美味しく感じられた。

その日から熱は徐々に下がり、喉の痛みも消えたが、元通りの生活をするまでには十日間という日数が必要だった。

インドに来て六ヶ月。日本とはまるで違う食生活や、初めて経験した暑さで、自覚はなかったが体はすっかり弱っていたのだろう。

そして、その時は気付かなかったが、生きる気力もすっかり消耗していたみたいだ。

僕はその後、心身ともに立ち直るために、長い時間をかけて自分自身の心の弱さと向き合わなければならなかった。

雨期を挟んで、約七ヶ月続いた狂ったような暑さも峠を越えようとしていた。日中の気温も二十七〜二十八度までしか上がらなくなり、朝晩は、ガンジス川から涼しい川風が吹き始めていた。

日が暮れてどのくらい経ったのだろう。……いつ部屋の灯りをつけたのかも思い出せない。服を着たままベッドに仰向けになり、ぼんやりと天井を眺めていた。

視界がぼやけ、天井が歪んで見える。裸電球の光の輪が大きく広がり、目の前に迫ってくる。壁の中からは、神経を逆撫でするような甲高い女性の泣き叫ぶ声も聞こえてくる。

毎日幻覚と幻聴に悩まされていた。僕の中で何かが壊れかけていた。

コンクリートの天井に、飛び散った血の跡が点々と浮かび上がってくる。

それはザワザワと蠢《うごめ》きながら重なり合って悪魔の姿に形を変えると、天井に張り付いたまま、何も言わず、じっと僕を見つめている。

その邪悪な目に射竦《いすく》められて、心臓が鋭い鉤爪《かぎづめ》で鷲づかみにされたような痛みを感じる。

僕は何かから逃れるようにベッドから起き上がり、急いで窓を開けて「ハーッ」と大きく息を吐き出した。

体の中に溜め込まれていた不安と恐れの感情は、月明かりに照らされて幾つもの黒い泡のように見える。

それはしばらく風に揺られながら空中に漂っていたが、パチンと音を立てて弾けると、深い闇の中にあっという間に飲み込まれてしまった。

意識を呼吸に向け、細く長い息をする。次に、呼吸に合わせて数字を一から数える。瞑想の時に行う数息観を五分ほど続けると、幻覚と息苦しさはなくなっていったが、恐れと不安感が生み出したのだろうか、僕の眼球は、得体の知れないねっとりとした薄い膜に覆われていた。目の前には暗く澱んだ世界が広がっている。

庭に目を向けると、誰かがシャワーを浴びているのだろう。三つあるシャワー室の一つに灯りが灯り、犬小屋の前ではジョンが体を丸めるようにしてうずくまっていた。

僕に懐いて遊びにくるジョンを、イシャンが哀れんで小屋を作ってくれたのだ。

腕時計を見ると、針は二十二時五分を指していた。懐中電灯だけを持ち、ガンジス川のガートに向かった。

道沿いにある何軒かのチャイ屋は、もうすでに店を閉めている。小川に架かる石橋のすぐそばにあるヒンドゥー寺院は、夜の勤めの時間を終えたのだろう。僧侶の祈りの声は聞こえず、建物はしんと静まりかえっていた。

誰もいない暗い道を一人懐中電灯を照らして歩いていると、いつの間にかジョンが僕の後ろを黙ってついてきていた。

ガートに着き、石段に座って対岸を見ると、巡礼宿やヒンドゥー寺院などの幾つかの建物には灯りが灯されていた。

部屋の重圧に耐えきれず、僕が深夜に初めてここにやってきた時は夜空に細い月が光っていた。

あの日から毎日ここに来て、狂気の底に落ちていきそうな自分と向き合ってきた。

「日本に帰りたいな」

心の奥に閉じ込めていた言葉が、口からこぼれた。その言葉に重なるように、僕の脳裏にリシケシの街のチャイ屋で出会ったフランス人男性の姿が浮かんでくる。

髪の毛を肩まで伸ばし、無精髭に白髪が交じったその男性は店に入ってくると、僕の座っている席に来て、話しかけてきた。長旅の疲れのせいか、頬の肉がすっかり落ち、白目の部分が赤く充血していた。

会話を始めてすぐに、僕は彼の目の中にある虚無感に気付き、一瞬たじろいでしまった。その目はまるで深い森の底なし沼にゆらゆらと漂う、一枚の枯れ葉のように見えた。

僕の目にそう映ったのは、ヨガ道場の生徒の死とも関係していたのかもしれない。

寮生のピーターが自殺したのを知ったのは、その男性と出会う前日だった。久しぶりに参加したサットサンガでのことである。その夜、講和を終えた僧侶は祭壇に向かって鎮魂の祈りを捧げていた。

翌日、その噂はあっという間に広まった。寮での自殺だったことから、ヨガ道場の生徒の間ではいろいろな意見があったようだ。最も辛辣な言葉を発していたのはロッペンだった。

「どうせ自ら命を絶つのなら、誰にも発見されない山奥で、勝手に一人で死ねばいいんだ。これ見よがしに寮の部屋で自殺なんかして、周りの人間がどれほど迷惑するかしれない」

それに対して何人かの女性達からは、「仲間の死に対する言葉ではない」と、非難の声が上がっていた。

心に深い闇を抱えていたピーターの目が忘れられない。

――なぜ、彼に手を差し伸べてあげなかったのだろう?――

僕の胸には後悔の念があった。

同じ匂いを発していたから分かっていたが、ピーターも僕と同じように幼児期に心の傷を負っていたみたいだ。だから僕は、彼と関わることを意識的に避けていた。きっと、自分自身を見ているようで嫌だったのだろう。

深い森の底なし沼に漂う儚《はかな》げで危うい存在の一枚の枯れ葉は、旅に疲れ、道に迷っている男性であり、自ら命を絶ったピーターであり、心が悲鳴を上げている僕自身でもあった。

その日僕は、男性と当たり障りのない話をすると、チャイがまだ半分ほど残っているにもかかわらず、彼から逃げるようにそそくさと店を後にした。

今なら、なぜそんな行動をとったのかがよく分かる。吾郎が、秀樹が、そしてパトリシアがいないここリシケシで、孤独を抱えながら一人で生きていると、いつの日か僕もあの男性のようになってしまうのではないかという恐れを感じたからだ。

彷徨《さまよ》える旅人に感じた嫌悪感は、僕の中にある不安を映し出す鏡だったのだ。

終わりが見えず、生きる意味も見つからない心の旅を続けることは辛くて苦しいものだ。異国を一人旅する者にとって、試練の時は必ずやってくる。

僕は今どちらに転ぶか分からない岐路に立っていた。

「君は男だろ、もっとしっかりしなさい」

耳元で誰かの声がした。

「……」

「苦しんでいるのは君だけではないよ」

「……」

異国の地で初めて経験する挫折。それにどう立ち向かっていけばいいのか分からなかった。

不安、恐れ、孤独、無力感……。僕に聞こえてくるものは、救いのない言葉だけだった。

厳しい環境で打ちのめされている自分、それを必死に耐えようとしている自分。リシケシに来た頃の熱い思いはどこを探しても見つからない。もしも心の中を覗くことができるなら、心の針が指す目盛りは、精神が健康でいられる範囲を超えようとしているところだろう。

夜空に無数の星がきらめき、その中をひときわ明るい人工衛星の輝きが、西から東の方向にゆっくりと流れていった。それを見ていると、なぜか涙が滲んできた。

その場でただ何もせず、何時間も佇んでいた。誰もいない部屋に帰ると、心が本当に壊れてしまいそうで怖かったからだ。

どれくらいの時間が過ぎたのだろうか。対岸の灯りは一つ残らず消えている。皆、深い眠りについたのだろう。

ようやく心が少し落ち着き、部屋に帰ろうと石段から立ち上がると、また耳元で誰かの声が聞こえてきた。

「吾郎は一人で努力している。秀樹も新しいことにチャレンジしている。もう一度リシケシに来た頃の初心に戻って、どうするか考えるべきだ」

その言葉に何も答えることはできなかった。何かから逃げるように耳をふさぎ、頭を抱え、その場にうずくまっていた。少しの困難に遭っただけで心が折れてしまう。僕は意志の弱い人間なのだ。それは自分自身が一番よく分かっていた。僕は、僕は……。

その時、不意にパトリシアの声がした。

「恭平」

振り返ると、そこに彼女が立っていた。いつものように優しい笑顔だった。

「パトリシア、いつ来たの？」

「恭平、挫けないで」

パトリシアが僕を見つめている。僕は「ウン」と言って頷いた。

ゆっくり顔を上げると、そこにはすでに彼女の姿はなかった。

「幻だったのだろうか……」

いや、決してそんなことはない。パトリシアの声は僕の耳元で確かに聞こえた。

立ち上がり、首から下げている革製の小物入れから、路上の写真館で撮ったパトリシアの写真を取り出すと胸に強く抱きしめた。

山道で腕を絡ませてきた彼女のぬくもり、ラクジュマンジュラの吊り橋で交わした会話。パトリシアとの思い出が胸を締め付ける。

心の底から、体の奥から、何かが突き上げてくる。

僕は叫んだ。大声を上げて叫んでいた。涙が流れている。温かな涙が僕の頬を流れ続けている。

どのくらい泣いていたのだろう。いつの間にかジョンがそばに来て、僕を心配そうに見つめている。

「ありがとう、もう大丈夫だよ」

僕はジョンに言った。

思い切り泣いたからだろうか。……さっきまであんなに僕を苦しめていた不安感も消えている。憑き物が落ちたように、心がすっかり軽くなっていた。

「もう一度頑張ってみるよ。こんなことをしていたら、パトリシアに笑われてしまうからね」

僕はジョンに語りかけた。

「ワン、ワン、ワン」

彼は元気な鳴き声で応えた。

宿へ戻る途中、道を照らしていた懐中電灯を消した。月の淡い光が、道の両側に建つヒンドゥー寺院とチャイ屋を浮き上がらせている。

眼球全体を覆っていた薄い膜が消え失せ、今は街灯のない夜道でも遠くまで見通せる。

立ち止まり、ジョンを抱き上げると強く抱きしめた。「クゥーン」と彼は甘えた声を上げた。

「ありがとう、ジョン」

僕はもう一度彼を強く抱きしめた。

約四ヶ月続いた辛い体験は、僕にとって、きっと必要なことだったのだろう。異国の地で暮らす壁を、僕は一つだけ越えられたのかもしれない。


「おかえり、恭平。イギリスから手紙が来ているよ。元気がなくて気になっていたけど、良い知らせだといいね」

朝のヨガレッスンを終えて帰ってきた僕を労わるように、イシャンがリビングルームから声をかけてきた。

「ありがとう、イシャン。この頃食欲も出てきたし、もう心配はいらないよ」

手紙を受け取ると、いつも何かと気遣ってくれる彼にお礼を言った。

部屋に戻って椅子に座ると、手紙を手に持ったまましばらく佇んでいた。心の底ではパトリシアから来た初めての手紙を早く読みたかったが、どんな内容が書かれているのか怖い気がして、封を切るのが躊躇われた。

「よし！」

勇気を呼び起こすように心の中で自分自身に声をかけると、封筒の端を鋏で切り、中から便箋を取り出した。

「親愛なる恭平、元気にヨガ修行を続けていますか？　私はイギリスに戻ってしばらくは、インドで経験したことがあまりにも強烈だったからでしょうか、見知らぬ国に一人取り残された異邦人のようで、何も手につきませんでした。それでも十月から、アルバイトをしながら、大学院でインド哲学と心理学を学んでいます。インドで体験したことは私にとってどんな意味があるのか、もっと深く知りたいと思い始めたからです。そして、この世に生まれてきた意味を自分なりに考えてみようと思っています。

追伸　先月から瞑想を始めました。早朝の澄んだ空気とお香の香りが、心をとても落ち着かせてくれます。瞑想をすることで、改めて、自分の本当の気持ちに気付かされました。遠く離れていても、愛するあなたに、私の想いが届きますように。　　　パトリシア」

パトリシアの姿が鮮明に蘇ってくる。物思いに耽り、どこか遠くを見つめていた横顔、無邪気な笑顔、ちょっとすました話し方。

僕は手紙を胸に抱きしめ、しばらくじっとしていた。

「部屋においで、パトリシアから手紙が来ているよ」

窓を開け、犬小屋の前に寝転んでいるジョンに声をかけた。彼は起き上がると、部屋に駆けてきた。

「素敵な薔薇の香りがするだろ」

ジョンは息を弾ませながら、手紙に鼻を寄せ、匂いを嗅ぐと、嬉しそうに「クゥーン」と甘えた声を上げた。

ジョンと一緒に部屋を出て一階のリビングルームに行くと、イシャンが椅子に座り、英字新聞に目を通していた。

「恭平、良かったね。君の顔を見ると、イギリスから嬉しい便りが届いたみたいだね」

イシャンは僕と目を合わせ、満足そうに頷いた。

「ここに座って。チャイをご馳走してあげるから」

彼はそう言って、椅子から立ち上がった。しばらくすると、チャイがたっぷり入ったポットとカップをトレイにのせて戻ってきた。

「このチャイは本当に美味しいね」

「いつものと同じだよ。そう感じるのは、君が元気になったからだよ。でも恭平はよくやっているね。インドは外国人にとって、長く生活するにはとても厳しい環境だけど、一年近くも頑張っている。一時は心身ともに弱っているように見えたけど、もう心配いらないみたいだ」

「ありがとう。僕が頑張れているのは、この宿と、ジョンのおかげだと感謝しているよ」

ジョンは床に寝転び、気持ちよさそうにしている。

イシャンはチャイを飲み終えると、今までとは全く違う表情をしていた。ただ黙って何かを考えているようだった。

彼は大きく息を吐き出すと、唐突に「宿命ってどう思う?」と、問いかけてきた。

「えっ?」

僕は飲みかけのチャイをテーブルに置いた。

「カースト制について、ずっと考えていたんだ」

なぜか分からないが、イシャンは今まで温めていた思いを語ろうとしている。僕は少し緊張して、彼の言葉を待っていた。

イシャンはそれからしばらくの間、どう話したら良いのか悩んでいるように見えた。きっと、この問題はインド人にとって、迂闊に語ることのできない重いテーマなのだろう。

ようやく覚悟を決めたみたいだ。躊躇いを振り払うように、前を見据えて話し始めた。

「カーストは君が知っているように、ヴァルナ(種姓《しゅせい》)と呼ばれる四つの基本的身分と、職業や血縁、地域集団を指すジャーティとが結びついて、何千というカーストに細分化され生活の中に組み込まれている。インド人の僕でさえ、どのくらいのカーストがあるのか分からないぐらいなんだ。カースト以外にも、カースト差別撤廃を唱えたガンジーがハリジャンと呼んだアウトカーストの不可触民は二億人もいると言われている。その他にも、物乞いの路上生活者も数え切れないほどだ。僕自身インドの将来にとって、カースト制をなくさなければならないのは頭では分かっているけれど、無意識に自分のカーストの高さを誇る心を克服できないでいるんだ」

イシャンの話を聞きながら、僕は物乞いの人達に関して思いを巡らせていた。その一つは、リシケシの巡礼シーズンが始まる頃のことだ。

彼らはある日、何の前触れもなく集団でリシケシにやってくると、広場からガートに続く道の両側に座り、両手の掌を前に差し出し物乞いを始めた。百人以上いると思われる人達の、「バクシーシ、バクシーシ」と哀れみを誘う物乞いの声は、遠くからも聞こえた。

リシケシに住んでいる人にとっては、毎年訪れる見慣れた光景なのかもしれないが、初めての経験である僕にとっては、何かの魔法を見せられたような驚きだった。

インド各地から多様な人々が巡礼にやってきていた。そこに物乞いがいることなど全く無視して、風景の一部としてしか感じていないかのように通り過ぎる人。その当然のような振る舞いは、見ている僕が唖然としてしまうほどだった。

どのような基準で選ぶのかは分からないが、何人かだけに金品を施す人。また中には、小銭袋いっぱいに詰め込んだ硬貨を全ての人に与える男性もいる。

僕は幾度か彼らに金品を施そうとしたことがあったが、どうしても、それをすることができなかった。僕の心の中にある劣等感や、その裏返しの、他人に対する優越感や差別意識を抱えたまま金品を施すことは、自分自身への裏切り行為のような気がしていたのかもしれない。

また何人かの人達に、幾ばくかの金品を施したところでどれだけの価値があるのかも疑問だった。ただ、その行為によって彼らが日々の生きる糧を得られているのは紛れもない事実だった。

結局、巡礼シーズンが終わるまでの数ヶ月間、どうするのが良いか決断できずにきてしまった。

物乞いに対する忘れられない思い出がまだあった。僕が初めてインドのカースト制度を、自分との関わりとして、真剣に考えるきっかけになった出来事である。

あの日は確か、三月の声を聞いてすぐの頃だったような気がする。

僕はその日、朝のヨガレッスンを終えると、いつも行くマドラスカフェには寄らずにリシケシのバスターミナルからハリドワール行きのバスに乗った。

ハリドワールに着くと、近くの食堂で軽く食事を済ませ、ガンジス川のガートに向かった。リシケシとは比べものにならないほどの長さと幅のあるガートと並行する道に、その男はただ一人で座っていた。薄汚れた腰巻だけを身に着けた男の前には、お椀だけが置かれていた。

その男に近づくにつれ、見てはいけない異物を垣間見てしまったような、恐怖に似た感情が湧き上がってきていた。彼を異様に見せているのは、全身を覆い尽くす大小無数の瘤《こぶ》と、爛《ただ》れて垂れ下がった皮膚だった。

彼から目を逸らそうとしたが、なぜかできなかった。全てを引き寄せる磁力のようなものがあった。

医学的な知識がないので分からないが、象皮病の一種か、あるいはインドの風土病なのかもしれない。物乞いの路上生活者であるために医者にかかることができず、あそこまで症状が悪化してしまったのだろう。

彼は施しを受けるのに有利だと思っているのだろうか、それをさらけ出していた。

その男は僕が目の前を通り過ぎる時、「バクシーシ」という物乞いの言葉は言わず、無表情にただそこに座っていた。

ガンジス川流域の聖地として最も知られた所の一つなのでここに来るのを楽しみにしていたが、心が動揺していたのだろう。ガートに座ってガンジス川を眺めていても、あの男の容姿が頭から離れず、逃げるようにしてリシケシに戻ってきた。

ハリドワールから戻るバスの中で、今まで目を背けて見ないようにしていたインドの抱える矛盾と闇を、はからずも見てしまったような心のざわつきを感じていた。

物乞いにまつわる思い出がもう一つだけあった。それは少年との淡い友情物語と呼べるようなものだ。

あの時は対岸の建物の灯りが全て消えていたので、もうすぐ日付が変わる時刻だったのだろう。

異国の過酷な環境に耐えきれず、心が悲鳴を上げ始めた頃の出来事だった。

僕が誰もいない深夜のガートに一人座っていると、沐浴を終えた少年が川から上がり、石段を上ってきた。

月明かりに照らされた十二～三歳に見える少年の横顔にはあどけなさが残っているが、利発そうな顔をしている。肩まで伸びた長い髪は、川の水に濡れて鈍色《にびいろ》に光っていた。

彼は僕に気付くと足を止め、どうしていいか分からずその場で立ち尽くしていた。まさか人目を忍んで沐浴しているところを、誰かに見られるとは思ってもいなかったのだろう。

「ナマステ」

僕は少年の警戒心を解くために立ち上がり、両手を胸の前で合わせて合掌した。下を向いていた少年も顔を上げて合掌する。

「ここに座りな」

石段に座るように手招いた。隣に座っているジョンも尾っぽを振っている。

少年は僕がインド人でないのが分かったからか、あるいはジョンに心を許したのか、石段に静かに座った。僕達はガートに座ってしばらく一緒にいたが、何も話さず、お互いに名前も告げずに別れた。

少年とは、それから何度か会ううちに、少し会話をする仲になっていった。彼は教育を受けていないのに流暢な英語を話し、僕の言っていることもかなり理解しているみたいだった。

少年はある時、「プライドの高い人を騙すのは簡単だよ」と言って、物乞いの時に施しを多く受けるためのコツをユーモアを交えて話してくれた。また屈託なく、「僕達の暮らしはそんなに惨めでもないよ」と笑っていた。

少年が一度だけ、小さな胸に溜め込んでいたものを吐き出したことがある。雨季を告げる強い南風が吹いた日だった。

「こんな生き方はもうたくさんだ！」

ドキッとするほど強い口調だった。濡れた髪をかき上げ、まっすぐ前を見据えていた。

彼はそれだけ言うと、二度とそのことに触れることはなかった。置かれた環境がそれ以上口にすることを躊躇わせたのだろう。

少年は聖なるガンジス川で沐浴することによって、来世の幸せを祈っていたのだろうか。あるいは、インド政府によるアウトカーストの保護政策によって、今の境遇を脱したいと願っているのだろうか。最後まで本心を明かさなかった彼から、それを伺い知ることはできなかった。

僕達の間に友情という感情が芽生え始めた頃に、突然、少年と会うことはなくなった。

今思うと、最後に会った時、彼が別れ際に「ありがとう」と言ったのは、もう会えなくなるのが分かっていたからだろう。その言葉に込められた思いを考えると、あどけない笑顔が忘れられない。

ふとした時に、あの少年を思い出すことがある。彼と交わした会話はわずかだったが、あの頃の僕にとって、唯一の心の安らぎだったような気がする。

僕が思い出に心を奪われていた時、イシャンも何かを考えているようだった。ようやく心の整理がついたのだろうか、語りかけるように話し始めた。

「恭平……今まで言わなかったけど、私はシバナンダの本は全て読んでいるんだよ。シバナンダが健在だった時には、週に何度かはサットサンガにも参加していたんだ。グルデヴァは、講和の時にカースト制には直接触れなかったが、このように言われたことがあった。——インドを深く愛する者は、この国の抱えている貧困、差別、そして宗教と民族間の対立などの問題に向き合わなければならない。なぜなら、私達は偉大な老大国インドに生まれた魂の仲間なのだから——」

イシャンはシバナンダを初めて「グルデヴァ」、サンスクリット語で〝魂を神に導く霊的な導師〟と呼んだ。その言葉には、聖者シバナンダに対する特別な思いが感じられた。

「恭平、ありがとう。君と話したことでようやくこの問題に対するけじめがつけられそうだ。私のこれからの人生は、それとどう向き合って生きていくかだろう。それはきっと、今世に神から与えられた私の課題なのだろうね」

イシャンは今まで背負っていた重みから解き放たれたように、どこか吹っ切れた顔をしていた。

「吾郎からメッセージを預かっているよ」

街の食堂で定食を食べて戻ってきた僕に、イシャンがリビングルームから声をかけてきた。

「ありがとう、イシャン。彼は何時頃来たの？」

「君がここを出てすぐだよ。それより吾郎はすごいな。ヒンディー語をパーフェクトに話していたよ。文法も語彙の多さも、どのインド人にも負けないくらいの素晴らしさだ」

「彼はバドリナートのヒンドゥー寺院で八ヶ月も暮らしていたから、上手くなったんだよ。きっと、ヒンディー語でしか話せなかったんじゃないかな？」

「いや、それにしても驚きだ」

イシャンは腕を組み、頷く仕草を何度かした。

部屋に戻ると、洗ったばかりの綿シャツに着替え、古着屋で買ったセーターをショルダーバッグに詰め込み、吾郎の宿に向かった。

借り手がつかなかったのか、それとも家主が他に貸さなかったのか、その部屋は以前と同じだった。

「吾郎いる？」

ドアの外から声をかけた。

「恭平待ってたよ、中に入って」

部屋の中から懐かしい声が返ってきた。

「あの暑さに相当やられたね」

吾郎は笑いながら、部屋に入った僕を見ている。

「ああ、日本に帰ろうと思ったことが何度もあったよ」

「そうだろう。あの暑さは、経験した者にしか分からないからね。僕も最初の年はあまりの暑さに、リシケシから逃げ出そうと思ったことが何度もあったよ」

彼はインドに来てからの日々を、懐かしそうに思い出しているようだった。

「でも、恭平は本当に変わったね。痩せたからかな？　いや、違うな」

吾郎はほんの一瞬、僕の内面を見透かすように目を光らせた。

「インドの洗礼を受けて精神的に強くなったからだね。以前の君とはずいぶん違って見えるよ」

「ありがとう。君にそう言ってもらえると、とても嬉しいよ。正直に言うと、立ち直れたのはここ最近なんだ」

「そうなんだ。でも僕の経験からして、あの暑さを乗り越えると少々のことでは驚かなくなるよ」

吾郎の顔には、過酷なインドの大地で五年という年月を一人で過ごした自信が溢れていた。

「君も印象がずいぶん変わったね。額に付けているティーカのせいかな……まるでインドの修行僧みたいだね」

「結構似合うだろう？」

吾郎は満足そうに微笑んでいる。

「いろいろ悩んだけど、思い切ってヒンドゥー教の神様を信仰することに決めたんだ。それがインド音楽の素晴らしさを伝える、一番の近道のような気がしてね。今はその選択が間違っていなかったと自信を持って言えるよ」

どこか誇らしげに語る彼の瞳は輝いていた。

「恭平は、ヴィシュヌ神が様々な化身で現れて、人々に救いと幸せを与えると言われているのは知っているよね？」

僕は黙って頷いた。

「ヒンドゥー教ではその九番目の化身が仏陀だから、一番親しみを感じられるんだ。朝と夜、それとシタールを演奏する時には、必ず感謝の祈りを捧げているよ」

「神様に祈りを捧げているのか。……。それもいいかもしれないね」

日焼けして、額にティーカを付けた吾郎を見ていると、彼の心境の変化がなんとなく分かる気がした。

「聴いてくれる？」

吾郎は僕と会う前から決めていたのだろう。シタールを棚から下ろし、神に祈りを捧げると、演奏を始めた。

僕は目を閉じて、吾郎が奏でるシタールの外す響きに耳を傾けた。

吾郎の演奏をどのように表現すればいいのだろうか……？

それはジャズのように即興的であり、瞑想の時に感じる宇宙の鼓動や広がりのようであり、聴きようによっては官能的でもあった。

今演奏されているのは求道者を意味する「バイラヴィ」というラーガの旋律だ。物悲しく、切なく、深く大きな愛が僕の体を包み込んでいく。

涙が頬を伝う。温かな涙が流れている。

それは意識としては感じられないが、インド音楽の持つ力によって、自己の魂アートマンが宇宙の魂ブラフマーの着る衣に触れた、喜びの涙だったのかもしれない。

演奏はどのくらい続いていたのだろうか。

時は一瞬であり、永遠でもあった。

僕の心と体と魂は、過去、現在、未来へと続く、時の流れの中を漂っていた。

吾郎の指が最後の弦を静かに弾き下ろした。

部屋に静寂が訪れる。

目を開けると、シタールを抱え、満足そうに微笑む吾郎がいた。

「またバドリナートに行くの？」

「うん。行こうと思っているよ」

彼は大きく頷いた。

「来年の秋に日本に帰ろうと思っているから、それまでには、もう少し演奏が上手くなっていたいからね」

「日本に帰るんだ……」

「うん、まだ自信がないけど、日本に帰ってシタール奏者として活動しようと考えているんだ。インド音楽はもちろん、他のジャンルの人とも共演できたらいいな、と思っているよ」

「羨ましいな、目指す目標があって」

「恭平、心配することはないよ。きっとそのうち、何かが見えてくる時が来るから。僕もシタールの音色に魅せられてインドにやってきたけど、いまだにインドの古典音楽が持っている宗教的な意味や価値観を深く理解できているとは思えないよ。ただ、自分なりの演奏活動をすることで、人に何か伝えられたらいいなと、考えているだけなんだ」

吾郎は会話が途切れると、また演奏を始めた。演奏を通じて、僕に頑張れと無言のエールを送ってくれているのかもしれない。それほど、彼が奏でるシタールの音色は温かくエネルギーに満ち溢れていた。

最終章——Be good Do good

三日前、母からの手紙で父の死を知った。

光が一切遮断された空間に、僕は結跏趺坐し、印を結んで座っていた。前方に視線をやると、漆黒《しっこく》の闇の中、針の穴ほどの小さな点に微かな明かりが灯った。その光は、時間の経過とともに明るさを増し、円い輪となって広がっていった。

「恭平、お父さんが亡くなりました。昨日四十九日の法要が終わり、一段落したところです」

輝く光の輪の中に、一人の男性の姿が浮かび上がってくる。

「あなたがインドへ旅立ってから一年ほどした頃に癌が見つかり、手術をしたのですが、末期癌だったため手遅れでした。お父さんは、あなたがなぜ誰も行かないようなインドに行って、ヨガ修行をしているかを分かっていたみたいですね。死の間際まで、自分が癌になったことを知らせるなと、私に頼んでいました。おそらく、恭平に何かをつかんでほしいと望んでいたのだと思います」

光の中の男性の姿は徐々に輪郭がはっきりしてきて、やがてその人は両手を合わせ、頭を下げている父の姿になっていた。

「お父さんは、自分の弱さを克服できず、お酒に溺れた過去を悔いていました。そして、あなたにすまないことをしたと、涙を流しながら何度も話していましたよ」

光の中の父は何も言わず、ただひたすら手を合わせ、頭を下げている。

「お父さんは癌になってからは、とても男らしく勇気のある人でしたよ。弱音を一切吐かず、家族のことだけを心配していました。恭平、私からのお願いです。どうぞお父さんを許してあげて下さい。

追伸　お父さんが一番大事にしていた戦争中の写真を三枚複写して同封します。形見として持っていて下さい。きっとあなたを守ってくれますよ。私も毎日恭平の無事を、ご先祖様にお祈りしています。くれぐれも体には気を付けて下さい。またお便りします。　母より」

母から送ってもらった写真。軍服を身にまとった父の姿が瞼に焼き付いている。それは満州のどこかで撮った写真だった。一枚は部隊全員の集合写真。残り二枚は淋しげな原野に一人立つ父の姿だった。その写真から伝わってくるのは、昔の人らしく、凛々しさと気概を持った男の姿だった。

——どうして父を許してあげられなかったのだろう——

後悔の気持ちが胸いっぱいに広がっていく。

一番大事にしていた戦争中の写真。それでも父は、その頃のことを家族に一言も話さなかった。戦争を知らない僕には伺い知ることはできないが、きっと父は、戦争中に家族にも話せないような辛い体験をしたのだろう。

突然、僕の脳裏に幼い頃の記憶が蘇ってきた。

父が幼い僕を抱きかかえ、幸せそうな顔で頬ずりをしている。それだけではない、親としての愛情を注いでくれた幾つもの出来事が、次々と思い出された。

父への憎しみが、それらの思い出を記憶の襞《ひだ》の中に閉じ込めていたのだ。父は僕を嫌っていなかったし、憎んでもいなかった。ただ、己の弱さを克服できずにもがき苦しんでいただけなのだ。

瞑想室を包んでいた漆黒の闇が薄れ、窓から午後の優しい陽の光が流れ込んでいる。僕は組んでいた足をほどき、仰向けになって目を閉じた。

どこか遠くの方から、耳を澄まさなくては分からないぐらいの微かな泣き声がする。耳を傾けて意識を集中すると、瞼の奥に、どこか田舎の茅葺《かやぶ》き屋根の家の庭にうずくまって泣いている男の子の姿が、浮かび上がってきた。その男の子は何かいたずらをして、父親に叱られて泣いていた。

彼の悲しみは、叱られたことよりも、出来の良い兄に比べて自分は愛されていないのではないかという思いが小さな胸に渦巻いていることだった。

不思議なことに、その光景は、父の幼い頃の辛い思い出だと理解できていた。そればかりではない、その悲しみは、僕が幼児期に体験した悲しみそのものだった。

「父さんも辛かったんだね。愛されたことがなかったから、僕達をどう愛していいか分からなかったんだろ?」

心の中で父に話しかけていた。

「僕のことを最期まで気にかけてくれてたんだね。ありがとう。もう父さんを憎んでいないし、怨んでもいないよ。これからも自分自身の心を鍛えるためにヨガ修行を続けるから、心配しないで」

思いが通じたのか、父は僕をじっと見つめにっこり微笑むと、何も言わず、映画のラストシーンのように、スクリーンの中に溶け込むように消えていった。

僕は起き上がって正座をすると、胸の前で合掌して父の旅立ちを神様に祈った。

誰もいない瞑想室を出ると、そこに思いがけずジョンがいた。

「ありがとう、ジョン。待っててくれたんだね」

彼はいつものように僕の足元に絡みつくと、「クゥーン」と甘えた声を上げた。

僕は石段の所に来ると、「ジョン、行くぞ」と声をかけた。彼は嬉しそうに鳴き声を上げながら駆け下りていった。息を弾ませているジョンは、僕が石段を下りるのを確認すると、胸をそらし気味にして、リシケシの街に向かって歩き出した。

ジョンは後ろに目が付いているのかと思えるほどに、僕との距離を一定にして歩き続けている。そのことがとてもおかしく、少し笑ってしまった。彼は立ち止まると振り向き、僕に強い視線を向け、「フン」というような顔をした。


僕らはシバナンダアシュラムから一時間以上かけて、街のバザールまで歩いてきた。

バザールは今日も多くの買い物客で賑わい、市場特有の活気に満ちていた。

「ナマステ。シータおばさん、子供は元気かい？」

親しくしているシータに、ヒンディー語で挨拶をした。

「うちは子供が五人だから、家に帰ると、いつも騒がしくて小さな戦争状態だね」

彼女は肥った体を揺すって笑った。

「この美味しそうな林檎はいくらなの？」

「他の客には一個五パイサで売っているけど、恭平はいつも子供達にプレゼントをくれるので、特別に三パイサでいいよ。それと、ジョンにはこれをあげよう」

シータは、足元にある手提げバッグから、ビスケットを幾つか取り出すと、林檎と一緒に紙に包んでくれた。ジョンは自分のためにビスケットをもらえたのが分かったのか、尾を振って全身で喜びを表している。

シータの元を離れると、卵を買うために路地を進んだ。

「今日は君のために、シャハに卵入りの雑炊を作ってもらおう」

ジョンは自分の好物の名前を聞くと、「ワン、ワン、ワン」と嬉しそうに大きな声を上げた。

バザールのあちらこちらから、物売りの女性が声をかけてくる。毎週買い物に来る僕達は今ではすっかり馴染みの客になっていた。

買い物を済ませると、リシケシの街に一つだけある銀行の角を曲がって、路地に面した行きつけの店に向かった。

「カンナン、いつものターリー」

椅子に座ると、店の主人に言った。

「ご飯は大盛りにするかい？」

「ああ、もちろんだよ。それとチャパティーは三枚ね」

「恭平はこの頃、肉体労働者みたいに食欲が旺盛だね。以前は食が細くて、ここで生きていけるのかと心配になるほどだったけど、すっかり逞しくなったな」

店の主人カンナンは、ヒンディー訛りの強い英語で笑いながら言った。

ピンディマサラとイエローダールの二種類のカリーをご飯の上にのせ、手で捏《こ》ねながら口に運んだ。ジョンは僕のそばに座り、アルミの皿に入ったヨーグルトを美味しそうに食べている。

「ジョンにいつもヨーグルトをご馳走してくれてありがとう」

「ハハハ、気にすることはない。ジョンの満足そうな顔を見ていると、こっちまで幸せな気分になれるからね。それといつも感心するけど、彼は人間の言葉と心が分かるみたいだね。君達のやり取りを見ていると、そう思えてくる時があるよ」

食事を終えると、カンナンや顔見知り客の陽気な挨拶に送られて、店を出た。

短い冬も終わりに近づいている。街は巡礼シーズンを間近に控えてまだひっそりとしているが、地元の人達には心待ちにしている気配がどこかにあった。

父の心臓をナイフで突き刺す夢で毎晩うなされていた。

リシケシに来てからは決して見なかった悪夢が続いている。それと同時に、小学校一年から三年までの約三年間、父の姉夫婦の所に養子に出された過去も思い出していた。

僕の幼児期の最も深い心の傷は、父の暴力でもなく、養子に出されそうになった経緯《いきさつ》でもなく、実際に養子に出された体験そのものだった。

僕は父に捨てられ、それを止めることができなかった母にも捨てられたのだ。結局新しい生活に全く慣れず、反抗的な態度に手を焼いた伯母夫婦は僕を手放した。

その記憶を二十六歳の今まで、全く思い出すことはなかった。瞑想によって、僕を苦しめていたものにようやくたどり着くことができたのだ。

そして、記憶から消し去りたかった、もう一つの辛い体験も思い出していた。

あれは家に戻されてしばらくしてからだ。学校の行事の関係で、いつもより早めに帰宅した日の出来事だった。

家の中から父と母の言い争う声が聞こえていた。僕は庭で、二人の言い争いに聞き耳を立てた。

「あんなに反抗的で学校の勉強もできない出来損《できそこ》ないは、また姉さんの所にでも養子に出してしまえばいいんだ。家の後継ぎは、頭の良い良平一人で十分だ」

父は仕事が休みだったのか、昼間から酒に呑まれた気配が伝わってくる。母は父に対して精一杯の抗議の声を上げていた。

僕はその場にいることができず、路地に出て走り出していた。

学校の勉強もできない出来損ない……出来損ない、出来損ない……。耳をふさいでも、僕に聞こえてくるのはその言葉だけだった。

どのくらい走ってきたのだろうか。遠くに荒川の土手が見えている。家からはずいぶん離れている所まで来てしまったみたいだ。僕は疲れ果て、その場にうずくまっていた。

なぜ、三年間の記憶だけがなかったのかという疑問と、自分は生きる価値のない人間という意識にいつも悩まされていた理由が、やっと理解できた。

そして、僕の心に潜む荒々しい破壊衝動の本当の原因も認識することができた。

しかし、蘇った記憶は残酷で、とても受け入れることができないものだった。

父の死によって、父への憎しみやわだかまりがなくなったと思えたのは錯覚だったのだろう。一番辛い記憶を思い出すことによって、苦しみから救われるという幻想は、跡形もなく消え去っていた。

冬が過ぎ、短い春と酷暑の夏が過ぎ、雨季を含めた幾つかの季節が僕の体の上を通り過ぎていった。

僕はずっと弱い自分と向き合おうともがいていた。

明け方に目覚めると、ベッドに仰向けになったまま、今見た夢を思い返していた。その夢は現実に起きた出来事のように、脳裏に深く刻み込まれていた。

山深い原生林、青く輝く透明な湖の底に僕の意識はあった。

湖に差し込む光の中、一枚の枯れ葉がゆらゆらと揺れながら落ちてくる。

その一枚の枯れ葉が、虚無感をたたえた男性の目と重なる。ピーターの自殺と重なる。そして救いを求めてもがき続けている自分とも重なる。

どこか遠くの方から、母の声が聞こえてくる。

「……お父さんを許してあげなさい。そしてあなたが抱えている憎しみも、怒りも、哀しみも手放しなさい。そうすれば、優しいあなたに戻れるのよ」

目の前に一枚の枯れ葉が漂っている。湖の底に落ちずに漂っている。

意識を湖の上に向けると、数え切れないほどの無数の枯れ葉が、湖底に向かって音も立てずに落ちてくる。

幼い頃の記憶が蘇ってくる。それは、僕のことをいつも見守っていてくれた母との思い出だった。悲しいことがあると、母はいつも抱きしめてくれた。大きな両手と胸で、何も言わず僕を抱きしめてくれていた。

僕は全てを手放すことができるのだろうか……？

相変わらず一枚の枯れ葉が目の前に漂っていた。

「父を許そうと思うんだ」

気付けば、インドにやってきてから五年の月日が流れていた。

僕達の前には見慣れたガンジス川が静かに流れている。そばにいるジョンからは、温もりが伝わってくる。

ここまで来るのに、いろいろなことがあったような気がする。

過酷な環境の異国の地で、己れの弱さを克服できずにもがき続けてきた。

ようやく心の底から父を許そうと思えるようになったのは、一日も欠かさず続けてきた瞑想のおかげであり、ガンジスに吹く風に心が癒やされたからかもしれない。

ジョンは別れを予感しているのか、どこか淋しげだった。

朝のヨガレッスンを終えると、ウィットラムに別れの挨拶をするため、レセプションルームを訪れた。彼は珍しく、ねぎらいの意味も込めてチャイを振る舞ってくれた。

「今日で最後か、恭平がいなくなると淋しくなるな」

僕を見つめるウィットラムの目が、心なしか悲しげだった。

「君が初めてここに来た時のことは、はっきり覚えてるよ。緊張で身を固くしていた。それが今では私のアシスタントをしている。ヨガアサナで初心者を指導できるまでに成長するなんて、夢にも思わなかったよ」

「僕もこんなに長くヨガ修行するなんて思っていませんでした。ここに来たのは、父親との問題を克服しようと思ったからです」

「それで？」

ウィットラムは目で話の続きを促した。

「インドに来て、自分の心の弱さを思い知らされました。正直言うと、まだ心のどこかで父を憎んでいるのかもしれません。でも、父は父で、僕と同じように自分の心の弱さに苦しんでいたと思うのです。そこに思いを寄せられるようになっただけでも、ここに来た甲斐がありました。ただ、五年のヨガ修行で得られたものは、それだけだったような気がします。きっとヨガを学ぶ者としては失格ですね」

「恭平、そんなことはないよ。ヨガの瞑想修行で最も大切なものの一つに、自分の内面を見つめ、心の働きを知るということがある。そこから、人間が本質的に抱えている心の弱さを克服する道も見えてくるんだよ。それと、今の君には少しの困難ではたじろがない強さと、運命を自ら切り開いていこうとする覚悟のようなものが感じられる。そうなれたのは、君が真剣にヨガ修行を続けたからだよ」

ウィットラムは言い終えると、テーブルに置かれたチャイに初めて手を付けた。

「私もずいぶん歳を取ってしまった。君を見ていると、若い頃を時々思い出すよ」

彼は珍しくしんみりとした顔をした。

「ウィットラムはシバナンダアシュラムにどのくらいいるのですか？」

僕は尋ねた。

「そうだね、もう二十五年ぐらいになるかな。ここに来た時はまだグルデヴァが元気だったからね。私の家はバラモン（司祭）の家系なんだ。小さい頃から父親に、ヒンドゥー教の全てを厳格に教え込まれた。そして大学を出ると、国の研究機関に勤めて、経済的には何不自由ない生活を送っていたけど、グルデヴァが書いた本に感銘を受けて、全てを捨ててここに来たんだ。もちろん、両親や親戚にはとても反対されたけど、自分の人生には全く後悔していないよ。なぜなら、グルデヴァの教えが私の生きる全てだからね」

ウィットラムは過ぎ去った過去を懐かしんでいるようだった。

「それと私の心の支えは、グルデヴァに名付けてもらった名前にもある」

「え？　本名ではないのですね」

「もちろんだよ。皆はウィットラムと呼んでいるけど、正確な発音はウディィットラームと言って、〝上昇するラーマ神〟という意味なんだ。その名前に恥じない生き方をしなければならないと思っているよ」

ウィットラムは自分の思いを語り終えると、少し照れたように首を傾げた。

「日本に帰ってからの生き方は決めているの？」

「いえ、まだ何も決めていません。日本に来るパトリシアと二人で、これからのことを考えてみるつもりです」

「一緒になるのかな？　それはおめでとう。君達はとても仲が良かったからね」

部屋は窓から差し込む陽の光で、だいぶ暖かくなっていた。

ウィットラムは、ポットから注いだ二杯目のチャイをじっくり味わうように飲んでいる。時折視線をどこか遠くへ向け、何かの思索に耽っているみたいだ。二人を包む空間に静かな刻《とき》が流れている。僕達は無言の会話を楽しんでいた。

彼は組んでいた足を揃えると、姿勢を正して言った。

「恭平、ヨガ教師として最後のアドバイスだ。よく聞きなさい。……君はここリシケシで五年間暮らしたから分かるだろうけど、この世は一面、とても不条理で矛盾に満ちている。そして誰にでも、生きていく上で果たさなければならない試練が待ち受けているんだ。きっと、君がこれから歩む道にもいろいろな試練が待ち受けていることだろう。どんなに辛く挫けそうになっても、自分と、支え合う家族や仲間を信じて、希望を失わず人生に立ち向かいなさい。それがこの世に生まれてきた者の務めでもあるんだよ。それと、シバナンダアシュラムで修行した者として、〝Be good Do good〟という言葉を大切にしてほしい。それはグルデヴァが縁あってここでヨガ修行した者に、一番望んでいたことだからね」

ウィットラムは言い終わると、表情を崩しニヤリと笑った。

「恭平はカルマヨーガを正しく理解しているかな？」

ウィットラムが尋ねた。

「いえ、自信がありません」

と僕は答えた。

「君はもう分かっているはずだが、〝Be good Do good〟を人生で行うことは、カルマヨーガを行うことでもあるんだ。グルデヴァが施設を建て、ライ病患者の救済にあたったのは、神が望んだ愛の行為だからだよ。それは人々全てに宿る、神の分身に対する祈りの行為であり、自らを浄化し、精神を向上させ、その人を光のような存在にしてくれる近道でもあるんだ。このような奉仕的生き方を、ヨガではカルマヨーガと呼んでいるんだ。ヨガを修行する者にとって、呼吸法や瞑想と同じくらい大切なことだと思っている」

僕の胸にウイットラムの言葉が、優しい温もりとともに広がっていく。その温もりは対岸の洞窟にいるヨギの、慈愛に満ちた目と同じだった。

「ただ、人生においてグルデヴァの教えを貫くのはとても難しいことなんだ。それを実践するには、己に厳しく、他人に優しくなければならないからね。でも、君がここで学んだことを忘れなければ、きっとやり遂げられる。私からのアドバイスはそれだけだ。ヨガレッスンを手伝ってくれてありがとう、感謝しているよ」

ウィットラムは立ち上がると握手を求めてきた。

「僕こそあなたに感謝しています。ありがとうございました」

僕はウィットラムの手を強く握り返した。リシケシに来てからのいろいろな出来事が脳裏に浮かび、思わず涙がこぼれてきた。ウィットラムは体を寄せると、僕の肩を包み込むように抱いた。

「新しい門出だ。涙を拭いて前に進みなさい」

彼は励ますように僕の耳元で言った。

挨拶を済ませ、入口のドアに手をかけると、ウィットラムは「恭平！」と言って声をかけてきた。振り向くと、彼は僕をじっと見つめていた。

「私から君に贈る大事な言葉を忘れていたよ。恭平……神様はいつでも君のそばにいて、君を見守っているよ」

その瞳に込められていたのは、師であり父でもある人の深い愛であった。僕は何も言えず、両手を胸の前で合掌すると、深く頭を下げた。

ウィットラムと別れると、僕はガンジス川の河原を上流に向かって一人歩いた。透き通るような青い空が、はるか高みへと広がっている。ヒマラヤからの風が、谷に沿ってガンジスの川面を滑るように流れていった。僕は立ち止まり、その風を胸いっぱいに吸い込むと、ゆっくりと吐き出した。

——ありがとうございました——

心の中で手を合わせると、インドの大地とガンジスの風に感謝の気持ちを込めて別れを告げた。

リシケシの駅のプラットホームに僕は立っていた。

「恭平、そろそろ時間だよ」

イシャンが静かに言った。僕はその言葉に頷くと、彼の隣にいるジョンに近寄り、身を屈めた。

「ジョン、ありがとう。僕が頑張れたのは君のおかげだよ」

ジョンはただ、僕をじっと見つめている。

「パトリシアと一緒に必ず会いにくるよ」

彼はその言葉にも、何も応えなかった。

汽車はリシケシの駅をゆっくりと走り出した。

「恭平、スイスコテージはいつでも君の帰りを待っている」

イシャンが手を振り、汽車の窓越しに大きな声で叫んだ。

ジョンは両足を踏ん張り、前を向いて汽車が見えなくなるまでプラットホームに立ち続けていた。

首都デリーの空港を飛行機は飛び立った。

僕は窓側の席に座って、眼下に遠ざかっていく大地を見つめていた。五年間いたインドを離れる感慨は不思議と湧いてこなかった。ただ一つの言葉が胸から溢れ出し、真っ青な空に広がっていった。

Be good
Do good

あとがき

誰かに書きなさいと言われたように感じたのは、内なる声なのか、それとも錯覚だったのだろうか。十五年かけて書き上げた時に湧きあがってきたものは、そんな思いだった。

インドでのヨガ修行の経験をベースにした自伝的小説を書くことになったのは、そんな経緯からだった。

また、十五年かけた小説は、私の「心の旅」でもあったのだろう。

小説のメインテーマでもある父との葛藤は、小説を書き終えた時に不思議となくなっていた。父の死の時にも拭えなかった感情が、跡形もなく消えている。「心の傷」と向き合い、それを言葉として吐き出す作業は、瞑想の効果の一つである、心の傷を無理なく癒やし、心の成長を促すものと、近いものがあるという発見もあった。

それは私にとって驚きであり、何か運命的なものに思えた。

何人かの方のアドバイスと協力で、書き上げることができました。

映画監督の日向寺太郎様、城田恭子様、武藤寛征様、幻冬舎の皆様。シタール奏者の伊藤公朗様の書かれた『ヒマラヤ音巡礼』からは、多くの箇所を参考にさせて頂きました。感謝申し上げます。

なお半世紀近く前の記憶を元に書いたことと、物語に深みを持たせるために、インドの首都デリーからリシケシまでのバスの所要時間や、バザールの描写、シバナンダアシュラムの瞑想室や聖堂の位置関係など、実際とは異なっている箇所があります。

多くの方に、この本を手に取ってもらいたいと願っています。

聖者シバナンダの言葉が、この世を生きる道標《みちしるべ》になると信じているから。

参考文献

『ヒマラヤ音巡礼―シタールに魅せられて』伊藤公朗、伊藤美郷（鳥影社、2002）

【著者プロフィール】
飯島恭広（いいじま・やすひろ）
1953年2月17日生
東京都出身、新潟県村上市在住
デザイン・企画会社経営
趣味　映画鑑賞、サッカー観戦、美術館巡り

聖《せい》なる川《かわ》のほとりで

2023年10月11日　第1刷発行

著　者　　飯島恭広
発行人　　久保田貴幸

発行元　　株式会社 幻冬舎メディアコンサルティング
〒151-0051　東京都渋谷区千駄ヶ谷4-9-7
電話　03-5411-6440（編集）

発売元　　株式会社 幻冬舎
〒151-0051　東京都渋谷区千駄ヶ谷4-9-7
電話　03-5411-6222（営業）

印刷・製本　中央精版印刷株式会社
装　丁　（有）デザインハウスレモン 植山容子

検印廃止

ISBN 978-4-344-94611-8 C0093
幻冬舎メディアコンサルティングＨＰ
https://www.gentosha-mc.com/